阅读之前 没有真相

午 夜 文 库

千岁兰

文泽尔 著

新 星 出 版 社　NEW STAR PRESS

目 录

1	新版序
6	原　序
9	引　子
15	第一章　裂　缝
45	第二章　崩　坏
93	第三章　蜕变第一视角——我从文泽尔变成了塔芙妮？！
125	第四章　转　机
155	第五章　重　生
195	第六章　终　焉
235	后　记
239	附录一：现实中更为夸张的多重人格 ——威廉·密里根的二十四重人格
247	附录二：关于"剪刀手爱德华"
251	附录三：关于法语以及于塞

新版序

我在武汉市封城期间完成了本书的修订工作,此时距离本书的初次出版,已过去十二年。为了回忆那些已然十分久远的时光,我从满是尘埃的储物间里,翻出了当年书写小说提纲时用过的笔记本,里面密密麻麻记满了文字,宛似气若游丝的青年热忱已变成尘封许久的古物,因为一两种灵光忽闪的迷思,又被创造者给发掘出土。

其中有一行文字是这样的:要写的应是不必担心被泄底的故事。

这是很明确的初衷,我还记得在故事的断续中,自己不仅没有失掉这一初衷,反而是凭着某种近乎偏执的古怪倔强,坚持写到了全书的最后一行字。如今已是二○二○年,曾经在遥远当年读过这本小说的不少读者,或许早已忘光了其中内容,但还依稀记得可以用一两句话"泄底"的核心诡计——或许如此,因为去年我曾以此为议题,在小范围内进行了一次调查。口述的问题有两个:其一,请问您还记得《千岁兰》这本书的大致内容吗?其二,请问您还记得《千岁兰》这本书的核心诡计吗?所谓的"小范围",明确点说,是总计五位朋友,他们都是在二〇〇八年至二〇一〇年《荒野猎人》出版前,就已经读过本书的、认识多年的旧友。

调查结果：对于问题二，五位朋友中有三位准确回答了出来，另有一位仅答对一半——因为她出乎意料地将《冷钢》与本书的情节杂糅到了一起，创造出了一连串因为过于混乱而显得异常精彩纷呈的、梦境般的故事。至于本书的谜诡，她的回答则是"连××"这三个字——然而，这却是我另一篇科幻小说的主题；虽然与本书有些联系，甚至可以说是很有联系，但终究不是真正出现在本书中的设计，所以只能算半对。而对于问题一，仅有一位朋友答对了一半；正是上文中提到的"她"。

诡计被长久记住，但故事几乎没有被记住，这是否说明本书在读者们那里最终达成的效果，终究还是与我在旧日笔记本上发现的那句我自己的箴言背道而驰了呢？在完成去年的小调查之后，我一度感到十分沮丧。怪不得谁，道理谁都懂。比方二十年前看过费里尼的《甜蜜的生活》，十五年前看过戈达尔的《蔑视》（顺带一提，这两部电影是随便列举的，写到此处，突然想起它们）。如今外面遍布病毒，孤身一人的夜晚时，再来想这些电影具体讲的什么，也是丁点儿都想不起来了。光是在看电影这件事上，很多人就曾笑我太过贪婪，一个人看了五六千部电影，相当于过了五六千种不同的人生。在如此一系列庞大体量的加持下，纵使有哪种人生特别吸引人、特别使人沉醉，那也不过是巨碗当中特别晶亮的一粒细沙罢了——同样的碗，如果只有几百粒沙，哪粒晶亮，哪粒黯淡，是一两眼间就能看到六七分明白的。现在，由于贪婪，五六千粒沙要共存，那么每一粒的存在感也就必然会被摊薄——这是我凭空想象出来的、企图规劝我的朋友们随口讲出的主张。

然而每粒沙绝不会是一样大的。《大路》和《地狱男爵》电影版能一样大？好吧，或许在有些人眼里后者比前者大得多，但无论如何也不会是一样大——也不会遵循"一粒晶亮但另一粒乌黑"这种荒谬的类比法。那天深夜，在情绪极为低落的两三个小时里，我在某个长期订阅的影视 APP 推荐列表里偶然见到了《甜蜜的生活》的推送，似乎被归在"冷门影史经典"的分类当中。好吧，在哪里并不重要，重要的是我重新看了一遍二十年前看过的电影。二十年前，我是在巴登符腾堡州带小院子的郊区出租屋内，用新买的汤姆生牌电视机，拿着啤酒看 ARTE 台的夜间节目时看到这部电影的。我的很多电影都是在 ARTE 看的：原始音轨，用一种很复杂的、用数字选择进入文字菜单的方式外挂的德语字幕。《甜蜜的生活》是意大利语的，黑白但仿佛有色彩——多年以后，重新在手机上看它的时候，我想自己大概是将它跟《女人城》还有《罗马风情画》搞混了，误以为《甜蜜的生活》也是一部彩色电影。所以，在见到全黑白色画面时，真是吃了一惊。记忆本来就是会骗人的，这些也都不重要，重要的是——每一幕都很熟悉，每一帧画面都很熟悉。毕竟记忆里有这粒沙存在，纵使再如何随漫长岁月摊薄了存在感，有过的都不会彻底消逝。

　　重看《甜蜜的生活》时生出的奇妙感觉应该怎样来描述呢？那就好比是——将自己的思维同时置于此刻和一秒钟后的未来，永远都知道下一秒将会发生些什么，但如果你要问再一秒之后，再两秒之后，一分钟之后，那就只能说出个大概，或者干脆什么都想不起来了。不止电影的画面，还有二十年前那个受益于电影而得以在记忆中定格的夜晚的整体氛围，南德黑森林小镇夜间独有的慵懒气氛，以同一部电影为媒介，瞬间穿越了几十年的时间、近万公里的距离，一切都在重映，一切都在苏醒。

　　是否所有电影都会带来这样的效果我不敢保证，因为即便草率地敲下几行违心的文字,也一定是以偏概全的结论。不过,我相信如此的"重映"经历,很多人都曾经有过,比如您在读到这几行文字时,可能就会展开相关的一些回忆。对了,说到这个,完全不爱看电影的人也是有的。我住在瑞士的时候,认识一位比利时男士,他就从来不看任何"活动影像",甚至不使用手机,从现代观念来讲,可算是位名副其实的怪人。因此,我相信他应该是不会有"重映"经历的——除非他当面告诉我是如此,但独自一人时却偷偷去电影院……无论如何,这里想要表达的意思在于:读小说和看电影,有时候是同一件事,过程或多或少地起到了记忆储藏库的作用,只要重新去读或者去看,当时的记忆也会逐渐复苏,数量多少则因人而异。想起这点之后,我又向五位朋友补问了问题三:当提起《千岁兰》这本书时,您的心中浮现出了怎样的情绪,这篇小说又给您造成了一种怎样的印象呢?

因为问题稍有些模糊,朋友们给出的回答也显得天马行空。其中一位朋友说《千岁兰》"是个节奏快得让人喘不过气的侦探故事",另一位则认为它"很有电影画面感"。作为创作者本人,在修订过程中重新读过全篇之后,我最认可的却是这样一种评价:"为了情节驱动,牺牲了很多。"

这就算是回到原点了。我因为一种想要呈现的文风而压抑了自我表达,从而外化出了整个系列的风格和画面感。必须承认,这是我长久以来内心很清楚,却因为各方面的原因而进展缓慢的、小说创作上最大的遗憾,《千岁兰》则是这一遗憾下最正统的远古遗物:它放大了所有我想要做到的,撤除了所有我想掩饰不让人看见的,却又怀着仁慈之心,向外透露了少许真实的"我"。《荒野猎人》也做过这件事,它最终是不是一只不可调和的怪物其实是无所谓的事，因为我并不怀疑自己当年和现在所下的任何结论。如果谁愿意拿这两本书阅读前进行比较，那将是种非常奇异的体验，因为其中还是存在导向疯狂的引线，我必须为此感谢任何一位能够协助点燃的人。

或许应该称之为幸运吧——由于疫情期间的忙碌，以及刻意为之的睡眠缺乏，我对自身旧时记忆的掌控似乎变得有些不太牢靠。换句话说，我不记得很多曾经以为刻骨铭心的情节，不记得差不多所有丰富多彩的细节——我只对本应熟悉的一切有种疏离的熟悉感。此次修订共改动了近五千处具体而微的细节，时间通常是在深夜，翻译完一篇篇幅相对较为短小的卡夫卡小说之后，利用那短暂的、因为受到极高密度的文字轰炸而变得敏锐起来的理性，去审视以下这些刻意淡漠的文字，我似乎也陷入了温馨的"重映"当中，从景观的创造者，变成了一个纯粹的故地重游之人。

万水千山走遍，我还是喜爱这旧风景。它不如我想象中壮阔，却也因为年轻时特有的认真与孤傲而显得格外动人。在为《冷钢》撰写新版序言时，我好像使用了"粗粝"这一形容。那么，走到《千岁兰》这一步时，我要用的形容应该是"蜿蜒"。这一方面是因为小说超长的完成期，另一方面则是"重映"当年创作探索时，长期隐藏在自己意识深处的问句，此刻又一次浮出了海面——面前有两条死路，我是否要选更轻松的那条？

原　序

千岁兰，买麻藤目的一科，英文名 Welwitschia mirabilis（这个复杂的名字是为了纪念其发现者，奥地利医生弗雷德里希·威尔维茨，生长在非洲西南部沙漠的裸子植物（如果有兴趣的话，在纳米比亚的第二大都市斯瓦库普穆多[①]参加纳米布沙漠一日游，就可以有幸看到这种极其长寿的植物）。因叶子的寿命长而得名，球花均为对生——这点是为了适应沙漠的恶劣环境，以求繁衍后代时不至于遇到更多困难而进化得来。

实际上，本书在我的写作提纲中的名字是《双面车牌》。正式动笔时，却又觉得这个名字有些太过直白且无趣，反复斟酌之后，改成了现在的这个名字。

小说创作中，虚构角色作为"现实人"的断面而存在，也即意味着某种程度的概括所带来的分类学与文学之间的矛盾——此种隐晦说法的实际意义在于：我们应尽量避免过分典型的概括，避免脸谱化创作带来的文化刻板现象。

《千岁兰》的命名也和这样的警示相符——我在植物的特征和小说的脉络之间找到了不止一处衔接点：如此具有对称美感的呼应，在创作过程中轻易地打败了刻板，不自觉地使我在写作之

---

① Swakopmund，貌似从这个名字也可以看出其过去曾作为德国殖民地的端倪。

初拟定的"断面"显得更富有活力与张力。

　　对这样的说法感到一头雾水也无妨——在通读全篇之后，您自然会知道书名之下暗藏的蕴意。

　　虽是序言，却并不是在正文尚未动笔之前写下的。大概在写了几千字之后，于一个编写提纲时无法预料到的转折点上，突然无法确定该以怎样的手法将剧情进行下去，却又不愿意就此搁笔（在这天里，我偏偏还有相当充裕的时间用来写作）——但既然正文已经写不出来，也就最好不要勉强，干脆转回头来写序言算了。

　　这倒不是暗示我每次写的序言都是敷衍了事——序言写起来确实是远比完成内容简单：写下自己即兴的想法，以及一些抽象的、关于整个案子的布置，并留下适当的、让读者们忍不住要读下去的悬念——这些当然是比较轻松的事。

　　至于正文的写作，提纲列下之后，所有相关内容就开始在我的脑海中打转（比如本书中案件的执行方式、犯人的小诡计、犯罪动机、文泽尔发现的重要线索、塔芙妮的某些不被预料的行为以及一些针对某些小细节的错误推理）：我可以将它们按照我自己的顺序分点写下来，做成一个方便查阅的案件提要——那恐怕只需要两张 A4 大小的打印纸，还不见得能写满……

　　将上述要点按照时间顺序（根据需要，配合插叙和倒叙）写下来，随之而来的就是一道颇难的填空题——里面所有的空白加上题目本身，即是每篇文泽尔系列小说的草稿；这样的考试结束之后，我还必须再兼任一个批改者的角色，修正这个仅有填空题的、不设具体考试时间的写作测验的很多小逻辑错误以及一些纯粹的语病，并尽可能完善细节。很多时候，我都会以"初稿完成"为借口偷懒，休息一段时间，休整期过后，重读书稿时再来改——以读者的心态来修改，反而比较有趣。

数次修改之后，我会将文章标记为"完成"——考试完毕，不论成绩如何，总算暂时松了口气。

近段时间的天气十分糟糕，很长时间见不到太阳，这直接导致心情阴郁和懒惰。忽然就产生了一种很不好的预感：大概这篇文章的完成时间将会超过以往我写作过的任何作品，而成为"文泽尔的写作生涯中"完成时间最长的作品了吧。

是的，偷懒也该有个限度，序言就写到这里了。

（二〇〇六年一月二十日，作者补注：在《千岁兰》写作中断的时间里，完成了《冷钢》，之后又是长达半年多的休整期——这样一来，《千岁兰》的前半段和后半段之间也终于无可奈何地隔了长达一年之久，序言里的"预感"自然也就变成了现实。）

引 子

Écrase!

（法语：放弃吧！）

……

我已经有很长时间没去过那栋房子了。

我已经有很长时间没去过那栋房子了……

我开着车，车速很快。有几次我险些撞到前面的车……在那些十字路口，司机们措手不及地停下车——他们肯定在咒骂，我却顾不上那么多了。

我要赶快回家。

我在那栋房子里找到了两只瓶子。

两只精致的小玻璃瓶，瓶口用白蜡小心密封。

瓶子里盛满了古怪的淡黄色液体，我猜那些一定是福尔马林——天哪，我的鼻腔里几乎瞬间就溢出了那掺杂着腐败墓地气息的甲醛味道……想象的力量实在可怕！

不要问我是怎么猜的，一切都再明显不过：

一只瓶子中装着一截女人的手指：我看得很清楚——是拇指，被截断的部分已经没有肉色。白色的骨头，白色的肌肉和皮肤，仿佛是被人强行包裹在一起一般，呈现出一种若即若离的疏松。

只有指甲上曾涂抹过的指甲油还保持着些许鲜艳——那是一小块刺眼的血红。

瓶壁上贴着一张剪裁整齐的窄标签：

艾莉斯·卢瓦尔／三月二日

那些字是打印上去的，和我们经常在海洋博物馆里看到的那些鱼类标本瓶上贴着的标签十分类似。

而另一只瓶子……噢，那只瓶子有些太小了——里面放着一个鼻子！人的鼻子！

那个鼻子被四周的瓶壁压迫着，有些地方裂开了，乍看上去就好像是一朵被硬塞进去的奇怪蘑菇——那或许曾是一个玲珑漂亮的鼻子，长在一个五官精致的女孩的脸上。

我甚至知道这个女孩的名字，标签上写得清清楚楚：

辛蒂·斐杰库斯／一月十九日

我不敢去想象那样一张缺少鼻子的脸——辛蒂肯定已经死去：她的脸现在会变成什么样子？

但甚至直到那时为止，我都还是乐观的。

我反复告诉自己，我要强迫自己去相信——这一定只是个恶作剧！

我知道这很渺茫，但我依旧告诉自己：

这一定只是个恶作剧……

直到我听到那个房间里传来的声音。

我打开那扇门，看到一个人被绑在一张结实的旧木头椅子上——我是从下往上看的，我看到椅子被牢牢钉在地板上，我看见他被铐住的脚、他的身体、他那被反绑在身后的手——他是背对着我的。

如果我在继续往上看的时候突然失去了视力就好了，如果我的眼前漆黑一片，我一定会马上冲过去救他。

你以为我疯了吗？

不！我没有疯！

我又继续往上看。

我看到一团血肉模糊的东西，我的意识空白了几秒钟。

然后我意识到：那团东西是他的头部。

就在这时，他似乎听到了我的声音。于是，我看到一具人类的身体，顶着一团血肉模糊的东西……他正要从那张椅子上努力转过脸来……

之后就是空白，还是空白，彻底的空白，很长时间的空白……

恢复意识的时候，我已经在车上了。

车开得越来越快，越来越快……

我只能告诉他，赶紧告诉他。

我那可怜的、仅剩的最后一点点理智反复对我念叨着：

你必须马上回家。

马上回家……

我永远都无法知道，等待着我的将是些什么……

第一章 裂缝

第一节 零碎的片段

Le vent faisait frissonner les feuilles,
Un air de dignité hautaine…
（法语：风吹动着树叶，一副神圣不可侵犯的模样……）
……

十月七日，星期一，清晨，文泽尔侦探事务所。

"我的生命正受到威胁。"

"先生，您没有预约吗？"

塔芙妮不客气地拦住这位慌张的先生——他几乎是冲进侦探社的，如果她不做出一点什么反应，他几乎就要这样一言不发地直冲进我的办公室了。事实上，塔芙妮在听到这位身材高大的先生的闯入理由之前，已经不自觉地察觉到了"威胁"特有的气氛。

"事实上，我们的生命无时无刻不受到威胁，但那要看是什么样的威胁。如果您被人勒索钱财，请直接去警局报警，或者我帮您叫警察也可以。"

我倒不是真有叫警察来的意思，那太麻烦了，如果事情是找警察就能够解决的话，这位先生估计也不会来找我。说这番话的意图，仅是想让这位先生在辩解或回答问题的过程中恢复冷静。

"他们怎么可能相信，哪有这种事……不！虽然没可能，但是……啊！对了，你就是文泽尔吗？你看这里……"

可怜这位手足无措的、冒冒失失的朋友，自言自语许久之后，将右手中攥得紧紧的一张纸递给我。然后，像是卸下了背负多年的重任一般，瘫坐在一旁的沙发上，神情沮丧。

我和塔芙妮一起展开这张被捏得皱巴巴的纸，上面是由大概是从报纸或者超市广告单上剪下的字母拼成的一个英语短句的复印件：

复印纸上的句子

IT is time To Die

"IT is time To Die，是时候死了。你怎么知道这不是谁的恶作剧呢？"塔芙妮问道。

"不是恶作剧，他安排好的，早就安排好的……"

"那么，请问是谁的安排？"塔芙妮立即反问道。

塔芙妮此刻的提问速度让我联想到"反射性提问[①]"——我的美丽助手恐怕是对这位一大早就毫不客气地打扰我们的冒失朋友有些不满吧，但提的却也正是我想问的问题。我想，如果是我问，措辞上或许会稍微婉转些，但现在也无所谓了。

"伊凡特·冯·托德[②]……"

[①] 依据被提问人的回答，快速而不间断地提出新问题的一种独特问答方式——提问者将关键性的问题藏匿在一系列无关紧要的问题中。这是一种在战争时期诞生的、有着相当深厚心理学背景的审问手段，现在则是某些新闻专访和脱口秀节目中经常使用的小伎俩。

[②] "冯（von）"这个姓氏前缀，似乎代表伊凡特的祖先曾是十七世纪的德国贵族——这个介词性前缀在德语中是"来自"的意思——相反，如果我设定伊凡特的祖先为法国人的话，他的名字就会是伊凡特·德·默特（Ivante·de·Mort）了。

"剪刀手伊凡特？如果我没记错，这个名字应该已经刻在本市人民公墓的某块墓碑上了，不是吗？"我中断了塔芙妮与客人之间可能会发展成的"反射性提问"局面，不论塔芙妮是否真的愿意。

相较于我们熟知的剪刀手爱德华，这位后继者的行为则要卑劣许多。他被冠以"剪刀手"之名，也只是因为他惯用的凶器是一柄有着锋利刃口的大号剪刀而已。去年大约此时，伊凡特被州法院判处死刑，罪名是他以极其残忍的手段杀害了共计七名无辜市民。

如果仅仅是单纯的凶杀案，本州法院亦不会上书州立法委员会要求在本州范围内恢复死刑。伊凡特不单是用剪刀剪破被害人的喉咙而致其死亡，更将尸体的耳、鼻、舌及手指剪断，放入写有被害人名字的、盛满福尔马林溶液的小瓶中收藏——这导致剩下的尸身惨不忍睹。现场照片经媒体发布后，数万市民联名谴责政府及治安机构办事不力，对重度犯罪的惩罚过轻——包括自由意志市警察总局局长亨特·多勒在内的多名政府官员引咎辞职，警局亦在本案的侦破上投入了几乎全部人力。

据说是在使用了诱饵之后，警方终于将剪刀手伊凡特逮捕归案。法院驳回了关于所谓"被告存在严重心理障碍"的赦罪假设，陪审团当然也不会对这样一个将杀人视作游戏的屠夫给予同情。在民众及媒体不绝于耳的激烈声讨声中，伊凡特·冯·托德被送上了断头台。

至于死刑的具体执行，我却记不太清了——大概是注射类似于氰酸钾之类的、能够快速致死的化学药剂吧（这是在世界范围内均被普遍采用的人道主义方法）。在本市废除死刑整整三十年之后，这种人类历史上针对个人而言最残酷的刑罚较之过去要文明许多，只不过执行的结果依旧是永恒的死亡。

既然死者已矣，那么现在这份所谓的来自剪刀手伊凡特的死亡宣言，是否只是一个借名的恶作剧呢？从这位先生的紧张程度来看，事情大概不仅仅是恶作剧那么简单。

直觉告诉我，这位身材高大的先生和那位已被处死的剪刀手之间一定有什么尚不为我们所知的联系——塔芙妮似乎也做出了这个推断：如果是不相干的人，也不至于受惊吓到如此程度。

"他当然死了……"

沙发上的先生摇了摇头，他显得稍稍冷静了些——我将这归功于侦探社里特有的一种慵懒气氛——懒懒地透过百叶窗泄进屋内的、仿佛被精心裁剪过的清晨阳光，尚在拉·帕沃尼[①]咖啡机里沸腾着的、哥伦比亚咖啡的香浓气味（大概是在南非的那段时间里每天都只能喝到速溶咖啡的缘故，我一直将塔芙妮制作咖啡的过程称为"冲咖啡"——即使是 Espresso 也不能幸免），以及仅有两人的办公室里那仿佛滞待的时间……这些无疑都是缓解紧张心情的速效药。汉迪克曾在某次聚会上表示，我们的上班时间"简直就是在度假"。但实际上，侦探社里的工作一向都是相当繁杂、忙碌和紧张的——至少塔芙妮会赞成我的这个观点，并以此为她的下午茶时间找一个适当的借口。

"死者的安排？这倒是件稀奇事！"

我冲塔芙妮皱皱眉头——我的助手对眼前这位冒失的朋友表现出来的报复心似乎稍稍过分了些。当然，我得承认，任何一位得力的侦探助手都不会对一个冒失的（我已经是第四次用到这个形容词了）、看上去有些神经兮兮的高大中年男性闯入者抱什么

[①] La Pavoni，意大利著名咖啡机品牌，一九〇五年由德兹德尼奥·帕沃尼在米兰创立。

好感的，更何况现在还是难得的早晨。只是，塔芙妮话语中显露出来的不信任态度很容易刺激到受话方刚刚才平息下来的紧张情绪，而这当然会影响到我们马上就要进行的问询工作——如果任由塔芙妮的"言语报复"进行下去，一分钟之后，当我的冒失助手拿起记录本时，就该为自己之前未经思考的草率行为而后悔了（这些我都教过塔芙妮，可惜她总是在不恰当的时候忘记）。

"我能先知道您的名字吗？哦，或者先做自我介绍会好些——嗯，您刚才说得没错，我就是文泽尔，随时愿意为您效劳的侦探。而这位是塔芙妮小姐，我的助手。"

我向这位仍有些惊惶未定的先生伸出右手；他犹豫了一下，站起身来，擦了一下额头上的汗水，有些局促地和我握过手，就坐回到原来的沙发上了。

我坐到他旁边的沙发上，塔芙妮则拿来了记录本和咖啡。

"我是捷尔特·内格尔博士，圣玛丽第二教会医院的外科医生。"

在我的职业生涯中，医生出现的次数不少，其中自然也有个别让我印象特别深刻的名字——比如斯塔帕勒斯·彼克塞尔博士，以及"幽灵停尸间"事件中的学徒文森特。捷尔特·内格尔——我可以肯定我曾经听过这个名字，但却不能确定它指代的究竟是这个庞大社会网络中的哪个节点。谁知道呢？或许是在某次聚会的闲聊中偶然听到类似"捷尔特·内格尔博士关于改变细菌胞浆膜通透性的报告"这样的话语，也或许是从《自由先导报》半月一次的"交通违规者名单"中碰巧看到了捷尔特·内格尔这个名字……不过，这种在任何人身上都会经常发生的"暂时遗忘"并不是什么问题，无论是从眼前的捷尔特先生本人身上，还是从我们的老朋友莫斯曼那里，应该都可以得到足够的、有助于我回想的情报。

"那么，您认为谁最有可能会在您家中的卫生间里放置这张恐吓纸条呢？"

塔芙妮和捷尔特都吃惊地看着我——塔芙妮大概是觉得我的这个问题有些过于突兀甚至莫名其妙，而捷尔特先生的表情却告诉我——我的推理并没有什么错误。

圣玛丽教会医院在本市共有三家——其中，第二教会医院位于豪泽区，也是唯一一家以"救助贫弱者"为宗旨的慈善医院，资金来源主要依靠米修罗大教堂的社会募集。近年来，社会募捐越来越少，米修罗大教堂甚至将神圣的升天祷告仪式都作为开放旅游项目，以维持神职人员和教堂本身的不菲花销。第二教会医院的状况本就不好，在这样的大背景之下，更是显得雪上加霜。

医生的职业习惯，无疑是注重外表清洁与服装整齐——我们何时看到过一个十分邋遢的医生呢？倘使一个医院中的医生个个胡子拉碴不修边幅，试问又有哪位病人敢踏进这家医院呢？有着医学博士头衔的捷尔特先生在这样一个医院中的地位，按照常理推断，大概不会低于外科主任——那就更加没有理由不去注意保持自己的仪容整洁。然而，让我们看看眼前的捷尔特博士：腮部的胡楂儿仅有左边一小部分还勉强算得上平整干净，而其余部分简直就是未经修剪的杂草！没有系领带，衬衫和西装更是胡乱穿着。最可笑的是，捷尔特博士脚上穿的竟是一双早晨锻炼用的白色慢跑鞋，而不是哪怕再多看一眼鞋柜就能找到的皮鞋。

那么，纸条会是在什么时候被发现的呢？简单地根据胡楂儿来判断，应该是在早晨刚刚起床之后，在卫生间里使用电动剃须刀剃须时（我可没有看到剃须膏的残留痕迹）；很可能出现的情况是，捷尔特先生在剃须时无意中发现了这张纸，拿起来一看便惊慌失措，丢掉剃须刀，胡乱穿好了衣服（也或许是先穿好了衣服没有系领带才开始剃须的，很多早晨时间紧张的上班族都喜欢采取这样的顺序），就驱车（更有可能是拦下了某辆出租车，那时候的捷尔特博士应该是没有心情去车库或者停车场的）来到了我的侦探社。

两个疑点：

第一，为何如此慌乱？对于一个受过高等教育的医学博士而言，仅仅因为收到了一张恐吓字条，就慌不择路地奔向某家侦探事务所，这是否有些太不合逻辑了呢？不过，如果是在之前曾受到过其他相关事件的暗示，比如以同样收到类似纸条的、和自己有某种社会联系的人的死亡或者失踪作为铺垫，这样的行为也还可以理解。

第二，为何必须选择我的侦探社？死人递上的死亡通知——警察当然不会相信这样的话，但为什么在生命受到未知威胁的时候会不假思索地来到这里呢？又是暗示吗？或者目前只有先这样解释了。

"说得没错……我是在卫生间里，嗯……剃须的时候看到这个的……"

捷尔特博士下意识摸了摸自己的胡楂儿，算是对我小小推理的无声赞同。

"很好，那么……"

我还没来得及说完，汉迪克就领着一帮警察冲了进来。

我的老友并没理会我的存在，径直走到捷尔特博士面前，以警官特有的腔调对他说道（这样的腔调也让我怀疑眼前并非我的好友，而仅是某个外貌酷似我的好友却不讨人喜欢的重案组探长）：

"捷尔特·内格尔博士，警方完全有理由相信，您的生命正受到威胁。虽然我们已暗中派人保护您，但您现在仍必须跟我们回警局一趟，给您造成的种种不便，还望谅解。"

随着汉迪克围拢过来的那两个警察早就一左一右地让开了路，汉迪克也摆出了一个"请随我走"的手势。捷尔特博士略显无奈地看了我一眼，又垂下头沉默了片刻，便起身和汉迪克他们一道离开了侦探社。

眨眼之间，这里就又只剩下我和塔芙妮了；看来，这次的问询还没有开始就已经夭折。

我推了推塔芙妮——她似乎还没有回过神来，我只好对她大声说道：

"我亲爱的塔芙妮，请你立即将这张纸影印一份，并马上做出相应的指纹报告——桌上咖啡杯的外壁上就有捷尔特博士的指纹样本，你也看见他用双手握过的，不是吗？"

我的助手这才从对刚刚突发的"绑架事件"的无比诧异中清醒过来：

"好的，我马上去办。"

"那张纸上的也一样……对了，你应该有我的指纹样本吧，别忘了把它除去。"

"好的好的，知道了……"塔芙妮笑笑，将捷尔特博士留下的那张纸收好，同时小心地拿走了我面前的咖啡。

"喂，塔芙妮，这杯我还没有喝过呢！"

"哦？可那是你的指纹样本啊……我去工作了，老板。"

塔芙妮给了我一个同样令人诧异（或许比刚刚的绑架事件更令我感到诧异）的愉快回应，将两杯还没动过的诱人咖啡（我甚至都嗅出了波哥大咖啡豆的柔滑香味）放回杯盘里，面带微笑地带着它们离开了我的办公室。

唉……看来得在缺少咖啡的情况下等待汉迪克的电话了——如果不出意外，今天以内我就能再次见到我的老友——理由自然是那张被遗忘在我们这里的、剪刀手留下的死亡通知。

第二节 更零碎的片断、关于字条的初步推理及其他

La mystique de la hétérodoxie…
Il n'y a pas d'effet sans cause.
（法语：对异端的盲从……有果必有因。）
……

十月七日，还算得上早晨的时候，文泽尔侦探事务所。

"除了捷尔特博士以及我们的指纹以外，没有任何其他指纹了。"塔芙妮关于指纹报告的结果恰好在我的意料之中。

"嗯，很好，塔芙妮，能说说你对这张死亡通知的看法吗？我想，你应该不会只留意了指纹吧？"

我不止一次地告诉过塔芙妮："侦探助手一定要懂得'举一反三'。"让我们想想，当某位侦探递给他的助手一张写有凶手姓名的纸条，而助手竟只想到去取纸条上的指纹（实际上，我举的例子并非夸张的虚构，那该算是我们侦探社值得被记住的"不幸事件"之一），看看，不懂得"举一反三"的后果有多么可怕！

"那些应该叫作对这张死亡通知的分析。"塔芙妮俏皮地指正了我的语病——这次，我的助手显然有备而来。

"哦？那么……我想听听你的分析，我亲爱的塔芙妮。"我笑了，并没有料到塔芙妮对措辞的要求竟是如此正式。

"乐意之至。"塔芙妮故意摆出一副相当严肃的表情，"我留

意了各个字母的剪痕：发现第三个字母 i 与第八个字母 e 原来竟是连在一起的——这点我已剪下验证过——当然是从原件的复印件上。"塔芙妮在进行了恰当的补充之后对我微微一笑，同时刻意停顿了片刻，似乎是希望得到我的肯定。

ie 这个字母组合，在德语和英语单词中出现频率很高；因此，就算我们现在已经肯定这两个字母原本是连在一起的，也不能确定它究竟是来自哪个单词的哪个部分，进而根据这个单词来判断凶手平日里爱看哪份报纸、杂志或者哪家超市的广告单（实际上，也很少有人会这样做）。我对塔芙妮点点头，示意她接着讲下去。

"第四个字母 s 的下端被撕过，大概是嫌疑人一刀没有剪到底，就把它直接扯下来了。"

塔芙妮注意到了这个十分微小的细节，值得表扬。实际上，从字母 s 上的这个独特痕迹，我们可以简单地判断：犯人是使用右手拿剪刀，并且在裁剪这个字母的时候刀口向下——遗憾的是，伊凡特并不是个左撇子（我对这个特征总是特别敏感和印象深刻）。多年前，"镰刀罗密欧"的案子就已经用实例使我养成了良好的职业习惯[①]，所以这个发现几乎没有什么实用价值。

"除此之外，我还留意了一下字体——第三个字母 i、第八个字母 e 以及最后一个字母 e 的字体是相同的，它们可能出自同一篇文章或者广告单之类。显然，第七个字母 m 和第十一个字母 d 的字体也相同，这种粗大的字体大概是用来做标题的。"

塔芙妮的分析完全没错。补充一下：这些字体相同的字母，却没有再像刚才提到的字母 i 和 e 一样能够拼合回去的。我相信

[①] 具体参见《冷钢》。

塔芙妮也已经发现了，只是没有说出来。

"最后就是那个字母t，犯人剪它的时候持剪刀的方向和其他字母都不一样……嗯，我发现的就是这些。"塔芙妮看着我，期待着我的回应。

这个不同虽然很明显，但理由或许微不足道——犯人剪它的时候是倒着拿纸的，可能是这个字母t在报纸或者广告单的上半部分，仅此而已。

"很好，塔芙妮。你的分析堪称完美，我也没有什么好补充的了。现在帮我查查那张复印纸的来源……"

"八十克的普通复印纸，很常见——我们侦探社也用这种……"塔芙妮在我还没有说完的时候就抢先给出了答案。我得说，在我和塔芙妮搭档的这许多日子里，这样的情况实在是很少见。我理所当然地表现出了我的惊讶；至少，在这一秒钟里，我想不出该对塔芙妮说些什么了。

"老板，还有什么要我做的吗？"塔芙妮看出了我的吃惊，她也因此显得有些得意扬扬。

"嗯，那么……把你刚刚取走的那份文泽尔的指纹样本再分析一下，如果已经凉透了，就交一份新的给我，最好快点……"

塔芙妮笑出了声。

在塔芙妮去冲咖啡的空当里，我得以回想一下关于这张死亡通知中，塔芙妮刚才分析遗漏的地方：

字母的大小写问题——为什么是 IT is time To Die 而不是 It is time to die？为什么第二个字母t，第九个字母t以及第十一个字母d要大写？难道是嫌疑人在报纸或者广告单上找不到小写字母了吗？——这种可能性似乎微乎其微。如果是作为密码，虽然可以马上令人产生一些"激动人心"的联想，但在未取得更多线索的情况下这也只是空想。不过，我还是记录下来了一些有趣的联想——比如，由 T.T.D. 联想到 T.T.C.，即 toutes taxes comprises，也即"付税计入"这个很常见的法语缩写，并随之想到 D. 是否是法律用词 dessaisir（"剥夺、使放弃"的意思）——"放弃全部的税"会不会是犯人对捷尔特博士的要求呢？

我曾从去年《自由意志报》对伊凡特案的大幅报道中获知伊凡特的出生地是法国于塞（睡美人的故乡），可能也正因此，上述对字母大小写疑惑的假设基于一个法语缩写而不是英语或德语缩写。我放弃了可能是暗语显义使用的语种（英语）而选择了一个先入为主且已经死去的假定嫌疑人的出生地语种。先入为主一向都是侦探的天敌，我必须纠正我的思路。

那么，往简单想，我们不妨假设犯人是在慌张且隐蔽的情况下制作这张字条的，因此它（对于不知道性别者的统一代称，下同）无法顾及太多细节。这或许可以解释为什么字母 s 下端被撕过，以及字母 t 的剪刀方向和其他字母相反；我们可以很合理地假设，犯人在赶时间。

那么，为什么赶时间？

看来，我们还需要些新的线索。

第三节 不止一张字条

Toute la ville en parle…
Cette nouvelle me remplit de joie.
(法语：这件事弄得满城风雨……这可令我感到高兴极了。)
……

"你来得比我预计的要晚。"

汉迪克再次来到我的侦探社，已是接近下午三点。他看上去很疲惫，估计是因为捷尔特博士的案子。

塔芙妮很有默契地将那张死亡通知送到了我的手中，而我则将它转交给汉迪克。塔芙妮还顺道给汉迪克端上一杯刚冲好的克莱士咖啡（KreisKaffee）——这次我没有用错动词。

"你知道我是为这个来的，你们倒是挺有默契……"

汉迪克呷了一口咖啡。他似乎是还想说些什么，但却有些犹豫，便又呷了一口。

于是，我们经过了片刻令人尴尬的沉默。看来，我得设法让我的老友表现得直接些。

"捷尔特博士委托我们插手这个案子。因此，他还没来得及说完的事，你自然有必要告诉我们。你也知道伊凡特确实死了，不是吗？"

汉迪克摸了摸自己的额头——那里并没有多少汗；我的老友

在做决定之前最喜欢那样。（大概也因此，他前额的头发已经呈现逐渐稀少的趋势。这可真不是个好习惯！）

"我们曾经拿到过类似的东西。应该说，嗯……一年前，那个叫伊凡特的变态屠夫也送出过类似的东西。七份死亡通知，七个死人，无一漏网……"

"新闻和报纸上可没提到过这个。"

"当然！那该算是总局的最高机密了……呃，你当然也知道的，这可和当年局子里的二级保密性质不同。毕竟不是'影子杀手'的年代了，所以……"①

"所以，现在又收到这个，你们就害怕了？"

塔芙妮说得一点没错，如果民众知道伊凡特并没有死，并且还在继续放出死亡通知的话，警局的高官们大概又得来一次"集体辞职"了。

只是，当伊凡特已被处决之后，为什么当局还将那七份死亡通知列为最高机密呢？如果说是为了防止出现恐慌，在案子尚在侦缉的过程中还说得过去。但事情毕竟已经过去这么久了，除非另有隐情，否则根本没必要让这些无用的资料占据总局机要室的空间。我想，我还是得问问汉迪克，

"为什么这些死亡通知被列为当局的最高机密呢？"

汉迪克摇摇头：

"我也不大清楚……你知道，他们不公开的理由，至少对我而言……"

---

①为了避免一再发生的重要案情泄露情况（在很大一部分情况下，也是为了给自己遮羞），自由意志市的警方高层早已在一九九六年修改了案件保密政策——凡是被总局协商为"总局机密"级别的案件，即便是接受案件的分局也不得保有任何与案件相关的资料，更不能违反上级命令独立对此案进行调查。汉迪克提到的"当年局子里的二级保密"，指的显然就是一九九二年吉姆·华特生的那个案子，看过《冷钢》的朋友应该知道。

"这件案子还没完……"我的助手实在有些看不惯汉迪克的屡次欲言又止了。

我得承认,塔芙妮的猜测应该是又一次正确了。犯人已死去一年的案子却并没有结案——虽然这听起来似乎很有些不可思议,但是却最符合逻辑。

"应该是这样吧。很奇怪,不是吗?我知道的不太多,一则是因为伊凡特的案子影响实在太大,总局不得不对相关信息保密——你知道的,有点门路的记者最喜欢向警员买情报,他们有时候甚至比警车还先到现场……"

"如果这些信息被记者们抖出来,晚班出租车司机大概又得几个月没饭吃了……"

听了我的话,汉迪克又下意识地摸了摸自己的额头。

"二则因为我并不主管这个案子,没办法知道得更详细了。"

"这样的案子,总局当然没有理由不插手。虽然你以保护当事人的名义将捷尔特博士带走,但你只是将他带到总局,却并不知道到底发生了什么事?"

"哈,这么说算是讽刺吗,我的朋友?总局让我们做事总是有理由的——他们说捷尔特博士是目前一桩连续杀人案的关键人物,原因你当然可以随便猜测。再加上刚刚和伊凡特相关的一些东西,你大致上应该也可以猜到是怎么一回事了……"

"伊凡特的同伙在他死后一年展开复仇行动,杀死和上个案子相关的人。你是这个意思吗?这么说,已经有牺牲者了?"

"抱歉……我只能说这么多。"

"你只能说这么多?总局对这个案子讳莫如深的原因呢?就你我都知道的部分而言,似乎并没有什么东西有刻意隐瞒的必要……汉迪克,我的老朋友,我们相识多少年了?"

"十二年……"

汉迪克低头不再看我——他本来想喝口咖啡的，我的生气让他停止了下一步的动作。我也不是有意想为难我的老友——警局的保密政策，身为警员的他当然必须遵守。汉迪克是一个有原则的人，如果是普通朋友问他，他当然会毫不犹豫地拒绝。而这明显不合情理的要求却是出自我口，自然会使他感到难以决定。

但事情在我看来也显得相当麻烦：汉迪克显然还知道些什么。如果此刻我不从汉迪克口中得到这些线索，就更不可能从总局的那帮家伙那里得到。捷尔特博士虽然有可能向警方提出要求，委托我来办这个案子；但出于保密考虑，总局是一定不会想让外人知道得太多的。（实际上，就算我现在依旧是十一局的探员，得到的消息可能也不会更多。）

"我承认我的话说得有些重了，抱歉……不如这样，我提出一些和本案相关的假设，你仅回答我'是''否'或者'不知道'，行吗？不是你亲口说，感觉可能会好些。"

汉迪克看了我一眼，十分勉强地点了点头。他端起剩下的大半杯咖啡，一饮而尽。

塔芙妮把自己那杯还没动过的咖啡推到汉迪克面前，拿出了纸和笔，准备开始记录。

"谢谢，塔芙妮。文泽尔老弟，有什么问题就快问吧。"

"好的。我们马上就开始。"我对汉迪克笑笑，汉迪克则回我以苦笑。

"总局十分重视这个案子，因为本案和一年前伊凡特的案子相当类似？"

"没错。"

"本案中已经出现了被害人？"

"是。"

"被害人是与一年前伊凡特的案子相关的人。"

"是。"

"伊凡特的案子并没有被完全侦破,结案时还有疑点。"

汉迪克摇摇头:

"不大清楚。"

"伊凡特和某位有权势的人有关系。"

"不清楚。"

"捷尔特博士可能会是下一个被害人。"

"总局的人是这样说的。"

"警方在上一个案子中犯下了错误,所以必须隐瞒事实。"

"喂!你也不要把我们想得太糟糕了。"

"只回答'是'或'否'就可以了,或者你根本不清楚真相?"

"我怎么可能知道!"

"捷尔特博士今晚可以回家。"

"按规定是这样,总局应该会派便衣保护他的。"

"目前收到死亡通知的被害者有多少位?"

"五位……嘿,你作弊了!"

"是你先不回答'是'或'否'的。"塔芙妮扬了扬手中的记录,替我的作弊行为辩解。

"好了好了,我受够了!真不明白局里今天为什么要派我来这里,弄得我现在反而像个现行犯似的被你审讯来审讯去。我说,这件案子根本就不归我管!你要办这个案子,直接去总局找积格勒,看他愿不愿意告诉你更多!该死,该死!我怎么会认识你这样的家伙……"

"息怒,我的朋友。一切纯属巧合!我们也感到意外。"

"唉,算了,我就知道这么多了。听说那五个人的死状也和一年前伊凡特犯的那些案子差不多。局里费了很大劲来阻止消息外传,但如果那该死的变态屠夫继续犯案,恐怕也瞒不了记者们几天了……"

"如果再次出现恐慌,你们就有得忙了…"

"没错。捷尔特这个'第六人'有多重要,你也知道了。好了,我该走了。"

汉迪克显得更加疲惫——把局里的秘密告诉了我,又得增加他不少心理负担。可怜的汉迪克,这件案子本就不该他管的。

"老板,为什么晚班出租车司机会没饭吃?"汉迪克走后,塔芙妮突然问了我这样一个看上去有些没头没脑的问题。

"……什么?"

"如果这个案子被抖出来,为什么出租车司机会没饭吃?"

我这才明白了塔芙妮想要表达的意思:

"如果大家知道变态屠夫再次出现,会有什么反应?"

"害怕,恐慌!"

"大家晚上还敢不敢出门?"

"出了这样的事,电视台也会呼吁公众晚上少出门的。哦,我知道了。"

"好了,给莫斯曼打个电话。我想知道关于伊凡特那个案子的一切资料。还有捷尔特·内格尔博士的个人资料,尤其是和伊凡特相关的部分,越详细越好。"

克莱士咖啡有点凉了,我不打算再去喝它。我点着了一支烟,萦绕的烟气让侦探社的慵懒气氛慢慢变质……

第四节 联 系

Je ne peux pas encaisser ce type!
Cette maladie peut se donner…
（法语：我可真受不了这家伙！这个毛病是会传染的……）
……

让我们来整理一下已知线索：

一个名叫捷尔特·内格尔的人，在圣玛丽第二教会医院担任外科医生，医学博士，在今天早上突然收到一份内容含糊的死亡通知，便马上慌慌张张地来到我的侦探社，请求得到协助。在我们从他身上了解到具体情况之前，警局的人就以保护当事人生命安全的名义将他带走了。

这张死亡通知是目前为止的第六张，收到前五张死亡通知的人都已经死去——作案手法和一年前那个连续杀人犯伊凡特所为十分类似，而且这些人都和一年前的案子有联系（究竟是何种联系，现在我们仍未得知）。伊凡特当年作案时也曾向被害人送出过类似的死亡通知，一共是七张；警方由于某种未知原因隐瞒了此事。

在我要求汉迪克回答"是"或"否"的那些假设中，也包括警方需要隐瞒此案内情的可能原因——很显然，如果事情公布对警方没有什么害处，他们是不会费心去进行保密工作的。掩饰在办案中犯的会引起舆论谴责的错误，或者避免因得罪权贵而使警方的年度经费被迫大幅缩减，是警方在某案结案后仍进行保密工作的惯常原因。

如果真如汉迪克预想的，总局今晚放捷尔特博士回家，那么，捷尔特博士无疑会和我取得联系，到时我们就可以问到更多的细节。

如果汉迪克想错了，总局以保护为名将捷尔特博士隐藏在某处，则他也可能如我前面所想，会要求和我见面并委托我办理此案。这是一个比较好的假设，当警方同意后，我就可以得到某种程度的官方授权，从而可以更加方便地展开调查。

然而，很有可能出现的一种情况是：无论是捷尔特博士还是警方都不再和我取得联系，我如果想要继续调查这个案子，除了从莫斯曼那里得到一些非法信息外，就得全靠自己。

无论如何，我是不喜欢中途放弃某项委托的，那可不符合我的习惯。现在再来考虑是否办这个案子，只能是浪费时间：无论本案如何发展，情况总不会坏过今年夏天的那个案子……那么，既然这个案子已经不是最糟糕的，我又有什么理由去消极应对呢？

"老板，莫斯曼的传真来了，你现在就看吗？"

"当然！外加一杯塔氏特制咖啡……"

……

伊凡特·冯·托德，一九七一年六月十六日出生于法国于塞，幼年丧父，后母亲出走，随祖母（姓氏不详）生活。一九八一年，祖母去世后，其行踪不详。

二〇〇一年七月二十三日，因杀人罪于自由意志市被捕，同年十月十七日被州法院宣判死刑，二十四日在自由意志市第三医院执行。现葬于自由意志市人民公墓三区二〇三九〇七号。

……

案件信息摘要（紫杰克，整理自《自由意志报》《观察家报》《自由公众报》《时事》等）：

案件档案编号：〇〇〇三〇二

结案时间：二〇〇一年七月二十四日

案件发生地：自由意志市

负责部门：自由意志市警察总局重案二组

负责人：积格勒·埃佩尔探长

案件特征：

1. 连续杀人案件。受害人全部为年轻白人女性。皆是被利器剪断喉管而亡。被害人均未受到性侵犯，但每具尸体都被取去部分器官（包括耳、鼻、舌、手指）。

2. 案件现场均有使用被害人血液写下的一段话以及犯罪人签名：伊凡特·冯·托德（关于被害人及现场的详细情况参见附表）。

3. 偏好选择周末犯案，但具体的日期选择似乎没有规律可循。

……

结案后尚存的疑点：

1. 警方未公布抓获伊凡特的细节。各个报刊均做了多种假设，但缺乏相关证据，未能使人信服。

2. 除了案件当事人，从未有人见过伊凡特的相貌。媒体公布过多张据说是伊凡特的近照以及电脑模拟照（总数超过十张），但都没有得到官方证实，公审也是缺席进行。

3. 官方处理过于冷淡，死刑也是秘密执行。起初媒体曾怀疑官方包庇罪犯，大众也在官方宣布执行死刑之后怀疑伊凡特是否仍然逍遥法外。但事后没有再发生类似案件，民众开始相信此案已结。

……

紫杰克总结：

最近发生的一件比较有名的案子（此案迫使该市所在州议会在三个月内修改了州法案，恢复了在该州废除了长达三十年的死刑），通过公共媒体可知的资料极少，疑点颇多。

附表：

伊凡特案被害人资料

（转自《时事》周刊，二〇〇一年九月下）

编号	被害人姓名	年龄	职业	遇害时间	被取去器官
1	辛蒂·斐杰库斯	十九	学生	一月十九日	鼻、右手无名指
2	苏珊·李	二十三	秘书	二月二十三日	左右耳、左手小指
3	艾莉斯·卢瓦尔	二十一	女招待	三月二日	左右耳、右手拇指
4	玛丽·洛林	二十六	主妇	三月十三日	舌头、右手中指
5	阿尔萨斯·卡彼涅	十七	学生	五月二日	左右耳、左手小指
6	莱塞济·佩里格	二十一	学生	六月十七日	鼻、左手小指
7	巴斯德·阿尔克	二十四	主妇	七月三日	舌头、左手拇指

伊凡特案现场资料

(转自《时事》周刊,二〇〇一年十月上)

编号	现场	血字位置	血字内容
1	雪令区阿提卡街十七号办公楼旁小巷中	死者旁边的水泥地上	"森林中的睡美人啊,无尽的嘈杂……" ——小伊凡特
2	豪泽区国王西路一百九十六号公寓四〇二室卧室	卧室墙上	"谁去过波尔多?醉奶酪……" ——伊凡特·冯·托德
3	豪泽区宪兵车道四〇九号酒吧杂物间中	一个废弃铁皮垃圾桶的背面	"纪念我最亲爱的祖母。" ——拿剪刀的伊凡特
4	豪泽区圣母路六#C公寓地下杂物间	一张旧的单人床垫上	"红色、红色。伴我入睡……" ——伊凡特·冯·托德
5	德纳赫区卢兹大道二十九号办公楼电机房	电机房低矮的天花板上	"请大家务必记住下面的名字,谢谢。" ——伊凡特·冯·托德
6	雪令区自由广场公园女公用厕所厕格中	厕格内侧墙上	"请勿吸烟!" ——伊凡特的剪刀
7	朗林根区红环西路七号阿尔克家别墅卧室	卧室外厨房的冰箱门上	"背叛者入天国。柴犬在哪里?" ——你们的伊凡特

……

捷尔特·内格尔,一九六二年十月二日出生于自由意志市圣玛丽第二教会医院。一九七四年父母离异,后随母亲菲莉娜·加辛柯娃(生于自由意志市,其父母系白俄罗斯移民)生活。

一九八一年初其母因病身故,同年考取自由意志大学医学院临床医学系。学习成绩优秀,多次获得市级助学金。一九八七年七月六日取得硕士学位。一九九〇年七月十六日被自由意志大学医学院授予博士学位。后在自由意志市第三医院任急诊科医师。

一九九四年秋升任科室主任。一九九七年四月十四日至十月二十日曾受聘于自由意志市警察总局，负责法医培训工作。

一九九二年十月十日与狄尔瑟·赫拉斯结婚。二〇〇一年十一月二十二日，狄尔瑟·赫拉斯因车祸重伤入院，当日夜间不治身亡。两人无子女。

自配偶亡故后，转任自由意志市圣玛丽第二教会医院外科主任医师至今。

……

现居于朗林根区李希特街五十八号
住宅电话：07222-7064265

……

"我亲爱的塔芙妮，能再给我杯咖啡吗？"

"好的好的，你这个咖啡因依赖症晚期患者。"

莫斯曼最近变得越来越懒了，他直接就将"紫杰克犯罪档案馆"这个网站里关于伊凡特案件的部分复制了给我。我得承认，这位热衷于收藏各类奇特案件资料的个人网站建设者的整理工作做得已是相当不错，但他还是遗漏了一些我在当时的《观察家报》和《时事》周刊上曾经留意的小细节（或许紫杰克认为这些细节没有占用他私人网络空间的必要）：

和积格勒·埃佩尔探长一样，捷尔特·内格尔博士也曾出现在"对案件破获有着杰出贡献者"的名单中，头衔是"心理顾问"。这就是我为什么对这个名字感到熟悉的原因。

结合捷尔特博士的个人资料——他曾经在总局负责过长达半年的法医培训工作。那么，在某些重要的案件中，总局邀请他作为心理顾问，倒也不足为奇。

莫斯曼在传真的最后还留了一段话：

伊凡特·冯·托德、捷尔特·内格尔资料：警局电子档案

伊凡特案资料：紫杰克犯罪档案馆

总局的相关档案、捷尔特与该案的关系，在公共网络能接触到的范围内并不存在。警局的内部网上可能有，但你得把我带到警局机要室的某台电脑前面才行。

那个捷尔特和我住在同一条街，你可以去拜访一下，不过别来我家了，我最近都很忙。

"精心调制的卡鲁瓦牛奶咖啡，不过，没有利口酒。"

"亲爱的塔芙妮，我可不是小孩子。"

"咖啡因成瘾就够了，再说，下班时间也快到了。"

塔芙妮转换话题的手段实在高明，我看不出下班时间和利口酒之间有什么因果关系。下班时间？看来，FW5台的肥皂剧忠实爱好者今晚又和家中电视有约在先了。

"好的好的，塔芙妮小姐。今天你不用额外加班。"

"不啊。这个案子很有趣，我也想帮忙的。"

我怀疑我是否有听错什么，塔芙妮竟然主动要求晚上加班！这种情况，在塔芙妮成为我助手的这么多年里，绝对不超过十次。

"我说，塔芙妮。你终于也开始觉得连续剧很无聊了吗？"

"不会啊。"

"那么……"

"老板，我几年都没有涨工资了。"

我总算明白了塔芙妮主动要求加班的动机——对于揣测塔芙妮的行动目的，我向来都表现得像个警校新人。我得承认，即使是侦探社里这种对象面极狭窄的员工管理工作，我做得也是十分糟糕。或者我该让塔芙妮来当老板（她正好是经济管理出身），

我当她手下的一个小小探员就好。

"好的，你要涨多少？"

"什么？"塔芙妮显然对我的过分直接不是很适应。

"我亲爱的塔芙妮，你说你要涨工资，可是到底要上浮百分之几呢？"

这回，轮到塔芙妮踌躇了。

我的助手大概指望我会根据通货膨胀率提出一个参考方案让她考虑一下，而不是将决定权交给她。我毫不犹豫的回答，已经将塔芙妮原来的计划统统打乱了。

"百分之十六吧，或者可以更高一点？"塔芙妮的声音有些忐忑。

"那就百分之二十吧，你觉得怎么样？"我的回答干脆利落。

塔芙妮似乎是被我糟糕的工资处理方案给吓坏了，她并没有回答"好的"或者"不满意"，而是在略微点了一下头之后，拿起我还没沾口的咖啡，以最快的速度离开了办公室。

"喂，塔芙妮，我还没喝过呢！"

"先加上利口酒，我亲爱的老板，今天要加班呢！"塔芙妮的声音听起来干劲十足。

第二章 崩 坏

第一节 初次造访，意外？

Les enfants sont restés bien gentils toute la journée.
J'en doute fort⋯
（法语：孩子们整天都很乖。我对此十分怀疑⋯⋯）
⋯⋯

后加入的利口酒不太容易搅拌均匀，卡鲁瓦牛奶咖啡的鸡尾酒风格也就没法在这杯咖啡中显现。不过，冰咖啡的爽口、牛奶的浓郁以及利口酒的微妙香气却是一样不少；此外，还多出一种酒精和咖啡在味蕾上逐渐调和的美妙感觉——或许塔芙妮该给这杯侦探社原创的出色咖啡起个新名字。

侦探社的电话竟在这时响了起来。是汉迪克。

"文泽尔，你还加班吗？"

"嗯，当然，这次的案子有些麻烦。莫斯曼帮我找的资料，看上去没有太大用处⋯⋯"

"是吗？喂，我说，老兄，下午那件事，我也没什么办法。"

"你打电话给我，是有新信息要告诉我吗？"

汉迪克就是这样，他总是不太分得清老朋友和职业责任之间的界限——下午我那样的态度，反而让汉迪克觉得对不起朋友了。汉迪克犯这样的错误已经不是第一次，他这个老好人。

我突然想起刚刚莫斯曼的提议——十一分局的机要室电脑使

用的就是警局的内部网络，只要汉迪克肯帮忙，我们就能轻易地得到内网上伊凡特案的保密资料。

唉，看来，又要让汉迪克再次为难了。

"你说话总是那么直接，是啊，是啊，我的老朋友。总局今天放捷尔特回家了，他家的地址和电话号码我也帮你打听到了，如果你真想和他联系的话……"

"不用了！我说，谢谢，汉迪克。你认为现在只要有地址和电话号码，就可以很方便地和我们的捷尔特博士联系吗？我是指，在总局的重重监视下……"

汉迪克不说话了，目前的情况是他没有考虑到的——捷尔特博士既然已被总局列为本案的"第六人"，局里自然就要采取妥善的保护措施。即使捷尔特博士已被获准回家，别墅周围也一定会布满便衣，电话估计也被监听了。我要绕过警方的耳目和捷尔特博士取得联系，是绝对不会被警方允许的。

"不过，汉迪克，我的老朋友，有一件事是你一定可以帮上忙的。"

"嗯，你说。"

"我想让莫斯曼用一下十一局机要室的电脑——就是可以上警局内部网的那台。"

"让警局以外的人进入内部保密网络，已经是构成犯罪了！我的天，你简直是疯了。夏天那件事，你还没得到教训吗？"

"只不过查查伊凡特案的保密资料而已，以莫斯曼的技术，不会被任何人发现的。"

"可那样还是……简直是疯了。喂，文泽尔，这个案子有那么重要吗？放弃这个案子算了，你不必卷入这个麻烦事件的。"

"汉迪克，你了解我的。愿意帮忙吗？"

汉迪克又不说话了。不过,我知道什么能够让他迅速做出决定:

"我这儿还有一瓶一九九三年的哥雅庄园雾葡萄酒,DOCG级别的。那瓶酒不是你一直都想收藏的吗?结案后,我们可以一起喝一杯。"

"好了,算我怕了你。你这种行为,根本就是贿赂警务人员。"

"这么说你答应了?"

"随你怎么说吧。"

汉迪克的爱好之一,就是收藏和品尝世界各地的极品葡萄酒(当然是一般范围内的"极品",以汉迪克的收入水平,也不太可能买得起上万美元一瓶的苏玳七十二年极品陈酿)。别的诱惑他可以轻易抵挡,但是拒绝一杯美酒肯定会让他感到难以忍受。

"那酒可不便宜啊!你从哪儿弄到的?上次聚会怎么没听你说过?"

"结案了再说吧,你这个单宁依赖症晚期患者。"我挂上了电话。

这个汉迪克,马上就将话题转换到酒上了;塔芙妮刚刚用在我身上的新词,放在他身上更合适些。

不过,刚才汉迪克给我的信息中,有一条是十分有用的:捷尔特博士今晚回到他家的别墅,无论如何也比待在总局安排的某个秘密地点要好得多。警察的监视活动是暗中进行的,之前我和捷尔特博士并不知晓。而今天,捷尔特博士是在我的侦探社里被警方带走的——虽然是在接受委托的时候,警方却并没有给我任何额外的交代(这点估计是汉迪克的疏忽)。因此,捷尔特博士对我们的委托并没有结束(只是意外中断了);按照常理,我也有给委托人打个电话确认委托是否继续进行的必要。

我拨通了捷尔特博士家的电话。等了一会儿才有人接听：

"喂，这里是捷尔特家。"

"您好，我是文泽尔。今天上午您来过我的侦探社，我想知道……"

"文泽尔先生，捷尔特博士目前是警方的重点保护人。现在关于这个案子的一切已经由警方负责，请您不要……"

"积格勒探长在吗？他负责这个案子，让我和他说话。"

"对不起，请您不要……"

"让我和积格勒说话！我再说一遍，否则我就直接过来！"

电话那边没有声音了。总局方面果然相当重视这个案子。即使我以捷尔特博士的委托为借口，恐怕也不能使他们同意我和捷尔特博士对话（这样看来，捷尔特博士应该也知道警局在伊凡特案上竭力隐瞒的秘密）。所以，我提出直接和案子的负责人积格勒对话。我和积格勒探长算是旧相识，和他对话，总比和这个说话像答录机一般的警员争论要好些。

"文泽尔，差不多十年没见了吧？"

积格勒的声音几乎和十多年前一样，他现在应该快退休了。

积格勒探长算是本市警界的名人，在我还在警局当探员的时候，他就已经是探长了。我们曾经有过短暂的搭档关系。积格勒是个办事严谨死板的人，却留着一把和他性格不符的大胡子。积格勒探长的另一个区别于其他探长的显著特征是：穿戴整齐，即使是在大热天也一样。一个有名的传言是：在一个气温超过摄氏三十五度的日子，一个被太阳直射了四个多小时的车祸现场，即使衬衫已经像是刚从没有甩干功能的洗衣机中拿出来的，积格勒探长也没有解开领带或者衬衫上的任何一颗扣子。

"嗯，和你当年说过的一样，我现在已经是一名私家侦探了。"

"我在报纸上看过不少你破的案子，我早说过，你天生就是个侦探。"

"你不用夸奖我了，积格勒探长，你知道我打这个电话的目的。"

"你认为，凭着旧交情，我就会同意让你和捷尔特博士对话或者见面吗？文泽尔，你是了解我的，如果是我接你的电话，也会和纳夫普刚才对你说的一样。"

"我实在没想到，警局直到今天还是如此不尊重案件当事人的意见。那在当年不正是你所厌恶的吗？"

"都是些不成熟的想法，你知道，我快退休了。有些事是容不得一点疏漏的，意外可是无处不在。喂，捷尔特先生，您在做什么？这是不允许的，请您……"

积格勒中断了和我的对话，却并没有挂电话。电话那端好像正在争吵什么，接着又是好一会儿没有动静，然后，话筒里突然又传出了积格勒探长的声音。

"好的好的，文泽尔。今晚就让你和他见一面，地址你应该知道了，一会儿见……"

对方挂断了电话。

很容易理解积格勒为何会突然改变决定。我们的当事人大概已经料到了警方会将他软禁，便在他们动手之前就做好了准备。一个很好的假设是，捷尔特博士将这些秘密录进了录音带里，并将录音带存放在了可靠的地方。一旦博士给了信号，录音带就会被公开。

即使捷尔特博士仅仅是临时编造了一个类似的谎言（目的当

然是为了和我见面），积格勒他们也不能不去理会——哪怕仅有万分之一的可能性，也必须尽量避免这种可能成为现实。

积格勒说得不错：意外可是无处不在。

第二节 对话以及另一个意外

N'approche mie de ces lieux!
Je le connais mieux maintenant.
（法语：不要走近此处！我现在更了解他了。）
……

十月的自由意志市，天已经黑得相当早了。会展中心路一如既往地堵车，卡尔街的几处工地也没有停工。相反，李希特街这条满是别墅的居民街就显得格外安静。

下车的时候，我看了一下表，刚过八点。

按了电铃，开门的是积格勒。

"来了……进来吧。"

我们互相打了一个照面——积格勒老了。虽然十年前我就说他整个人是一副老态，但现在他是真的老了。衬衫和领带似乎还是多年前的那款，大胡子也依旧，不过颜色已经灰白。

"怎么，还想说我是一副老态吗？文泽尔，你的样子可没怎么变，我一下就认出你来了，年轻真好。旁边的小姐是你的助手吗？"

积格勒看了一眼塔芙妮，同时伸出手去——他是想和塔芙妮握手的，但塔芙妮显然没有领会他的意图。我可爱的助手恐怕是被积格勒的一把大胡子给吓到了。十多年前，我和他初次见面时的感觉也差不多（不过，他当时还没热情到要和我握手）。她只是向积格勒探长点了点头。

"嗯，我是文泽尔的助手，请叫我塔芙妮。"

"很高兴认识你。"

积格勒有些尴尬地摆摆手，转身进了里屋。

"捷尔特博士就在客厅里，不可以录音或者照相，用笔记录对话内容可以，但离开时必须给我们检查。"

"了解。"

积格勒探长推开客厅的门，捷尔特博士就坐在客厅的沙发上，旁边坐着一位年轻的警员。靠窗一侧的扶手椅上，一位略年长些的警员正在看杂志。

那本过期的《视点》杂志遮住了他胸前的警官证，我因此暂时无法得知他的名字。年轻警员就是和我通过一次话的纳夫普，警官证上还盖着实习警员专用的三角形警校印章。

隔着窗，我发现别墅侧边的小巷中停着一辆警车——车牌号是FZ-P3091。这辆车从李希特街行人的角度看，正好被五十六号门前的木屋挡住，而小巷两旁的栅栏上又爬满了常青藤；因此，街上行人几乎没有办法看到这辆警车。积格勒他们显然是故意这样停车的——如果警车停在显眼的位置，再笨的凶手也会知道这里早有埋伏。

捷尔特博士看到我们来了，立即就从沙发上跳了起来——我想，如果一个被困荒岛多日的海难幸存者突然看到了救援直升机，反应应该也和他差不多。

"你们终于来了！这些警察已经快弄疯我了！再跟他们待几个小时，我恐怕就得强迫自己服下几片利培酮了！我的生命放在这些像疟原虫一样缠人的家伙手里，受到的威胁甚至还要更多一些。"

"捷尔特博士,请您稍微注意一下您的言辞。"

纳夫普毕竟是警校新丁,稍微辱警一点的话已经让他受不了。

"注意?我为什么要注意?现在请你们都给我出去!这里是我的家,我现在要会见客人,可我的家并不欢迎穿警服的精神病人!听得懂吗?滚出去!"

可怜的捷尔特几乎都要发疯了。纳夫普也站了起来;这时,积格勒探长说话了:

"我们至少要留一个人。纳夫普,你过来;威利,你留在这儿。就这么定了。"

那个叫威利的警员放下杂志,冲积格勒点了点头。纳夫普还想说什么,看了一眼积格勒,终究没有说出口。纳夫普出去了,积格勒带上了房门。

现在客厅里就剩下我们四人。我坐到捷尔特博士旁边,塔芙妮则坐到了侧边的那个单人沙发上——她已经准备好要开始记录了。威利并没有离开扶手椅,但已经不再看那本《视点》杂志。

"那么,我们该继续早上的对话了。"

"好的,嗯,很抱歉,我也没想到事情会变成这样。"

"没什么,警察打断我的工作,也不是第一次了。捷尔特博士,能谈谈你和伊凡特之间的关系吗?"

捷尔特看了一眼窗外的警车。这时,威利将杂志放下了,因而和捷尔特博士四目相对——这样的对视大概使得威利感到很不自在,于是他起身,走过来坐到塔芙妮对面的那个单人沙发上了。那个位置离捷尔特远些,监视我们的谈话也方便些。

"一年前的那个案子,由于我在犯罪心理学界的一些小成就,总局的那帮家伙联系到我,希望我可以协助他们破案——

一九九七年我曾经帮他们搞过半年的法医培训工作，彼此也还算比较熟悉。

"伊凡特案是个很特别的个案——他对这个世界的认知跟你我很多人都不一样。我用了相当长的时间，试图去了解他……对了，文泽尔先生，您知道一些关于伊凡特案的内容，不是吗？"

"嗯，知道一些。但是不多，多半是从报纸和杂志上得知的。"

"那你一定知道他留下来的那些血字了，比如用十九岁学生辛蒂的血在水泥地上写下的'森林中的睡美人'。杂志上是怎么描述这些话语的呢？"

"杂志上说伊凡特是'中枢DA功能异常亢进的精神病人'。"

"那是没人了解他。'森林中的睡美人'这个童话的起源地正是法国小镇于塞，那里是伊凡特的出生地。父亲的非正常死亡和母亲的背叛，让他的童年生活充满了'嘈杂'。"

"非正常死亡和母亲的背叛？伊凡特的童年看上去确实很悲惨。"塔芙妮又插嘴了，真不知道她何时才能改掉这个坏毛病。

"没错。他十岁那年，失去了最后一个亲人，然后他就开始流浪，积累着孤独和怨恨。我不认为辛蒂是他杀的第一个人——准确地说，辛蒂是他使用这种哗众取宠的残忍手段杀害的第一个人。而用极端的手段引起他人注意，正是严重人格障碍的表征之一。

"受害者全部为女性，年龄介于十七岁到二十六岁之间——从这点来看，伊凡特对女性充满偏见和仇视。究其原因，也还是源自他的母亲……

"传闻伊凡特的父亲并非他的生父，但却待他十分不错。他的母亲是于塞有名的荡妇，时常带男人回家鬼混，即使小伊凡特就在旁边也并不回避——这点可以解释为什么伊凡特案中的七位女性受害人均没有受到过性侵犯：母亲和多个情夫之间的放荡行为，让小伊凡特感到极度屈辱和厌恶，这使他在潜意识里形成了对男女行为的强烈抵触情绪。而潜意识的根深蒂固则悄悄改变了他的性快感取向……"

"……也就是说，伊凡特取得快感的唯一方式，是……杀人？"

实际上，捷尔特博士的叙述已经很清楚了。塔芙妮的这一问，很大程度上是对这样的事实感到难以置信。

"……可以这样说。法国警方的资料里显示，伊凡特的父亲死于车祸——这点颇让人怀疑。事后，老托德的遗体还没有下葬，他的妻子就跟情夫跑了……

"当然没有其他人有义务给老托德下葬，这时家里就剩下小伊凡特和他父亲的尸体了。小伊凡特并没有哭，而是和他一动不动的父亲玩耍，给他唱波尔多的民谣……

"他撕碎了母亲的照片，撒在父亲的胸前。他看着父亲的脸，看着老托德慢慢腐烂。他不吃不喝，也不出门，就守在家里，等着父亲醒来，带来他最爱吃的、充满浓浓酒香味的酸奶酪……

"看着父亲因腐烂而空洞的眼眶，从口中涌出的蛆虫，渐渐溢出绿色液体的身体，粗糙缝合的车祸伤口不停地流着恶臭的腐水，小伊凡特一点也不害怕。他继续唱着童谣，想着父亲的承诺——'过十岁生日的小伊凡特将会得到一只半岁的柴犬'，那个时刻他该是多么快乐啊！可那个时刻永远都不会来了：父亲死了，是母亲害的……"

塔芙妮停止了记录，只是低着头，间或抿抿嘴唇——我的助手肯定不会喜欢捷尔特博士所用的这些辞藻，但伊凡特的童年遭遇，确实会让任何一位女性感到难过并产生同情。

我也被这个故事打动了，但同时有一个疑问：

捷尔特博士究竟是从何处了解到这些的？我听这个故事时的感觉，就仿佛伊凡特正站在我的面前，用第三人称讲述自己的过去一般。

"……祖母来的时候，也不知道小伊凡特昏倒了多久。老母亲埋葬了自己唯一的儿子，带着可能和自己毫无血缘关系的孙子，回到了于塞镇外的林间小屋……"

捷尔特博士长吁了一口气，喝了一口放在茶几上的水。

"伊凡特的童年故事，就是这些。当我第一次听到这些的时候，我也被打动了……"

"听到？您和伊凡特交谈过吗？"

塔芙妮的这个问题真是恰到好处。

"没有，我只不过听了伊凡特留在犯罪现场的磁带。每个现场都有一盘，或长或短，一共有七盘——那些就是使你们警方感到恐惧万分的小秘密之一，不是吗？"

说这话时，捷尔特博士将目光移向了威利，似乎是在征求这位唯一在场的警方人士的意见。

威利并没有回答什么，而是摆出一副事不关己的样子。捷尔特也就不再看他。

"每一盘磁带的开始，伊凡特都会说同一句话，而且重复三遍……"

"It is time to die……"塔芙妮喃喃说出了这句话。捷尔特博士点了点头，却没有继续说下去。房间里顿时静得出奇。

现在我可以理解，捷尔特博士收到写有"It is time to die"的字条时，为何会感到如此的紧张和害怕了：一个本已埋入坟墓的秘密，时隔一年之后，又向曾听过地狱之声的人们发出了死亡召唤……已然终结的一段可怕回忆，又一次在眼前重现，而且还威胁到自己的生命。这些给当事者的精神冲击自然是难以想象的。

"……那个声音残破而低哑，仿佛来自炼狱的深渊。一遍遍地重复，又似乎是在召唤着听者……"捷尔特博士已经进入了那段过去——他接着说了下去，整个身体有些许颤抖，额头上也渗出了细小的汗珠。

"……然后，他让女孩们尖叫——没有一个女孩叫得出声。她们吓坏了，她们小声抽泣着。他拿出了剪刀，在她们的眼前晃来晃去，剪刀发出锐利的声音——她们连抽泣都不敢了，只有颈部的血管在突突地跳动。这些都让伊凡特感到兴奋莫名；于是他拿出那几张识字卡片，让她们抽签……

"……她们怎么敢不抽呢？那把滴血的剪刀，已经剪去了她们的手指。绝望是最深刻的恐怖，她们恐怕都已经忘记疼痛了。她们战战兢兢地抽出了一张识字卡——上面画有'鼻子''耳朵'和'嘴巴'——那是小伊凡特所熟悉的，祖母曾给他看过的卡片。伊凡特笑了，给女孩们看她们抽出的卡片，并用法语病态地重复着，那种欣喜的表情，就仿若刚刚学会新词的小孩子——

"……这时，女孩颈上的血管跳动得更加厉害：那样的诱惑，伊凡特再也禁受不住，他扬起了剪刀……"

塔芙妮轻轻地惊呼了一声。

并不是塔芙妮的惊呼让捷尔特博士停止讲述的；实际上，在那之前。捷尔特博士的声音已经停止。宛如过度紧绷的琴弦骤然放松，博士的整个身体向前倾倒下去。

第三节 十一局的午夜探险

À votre place, je refuserais!
Il ne vaut pas la corde pour le pendre…
（法语：换了我，我就拒绝！绞死他都嫌浪费绳子。）
……

第一幕 绑架莫斯曼行动

"可能是心脏病发作。得赶快叫救护车！"塔芙妮松开了捷尔特的衬衣领和皮带。

"威利，你和纳夫普马上送博士去最近的医院，一路鸣警笛，明白吗？"

"该死，该死！怎么会出这样的事？"积格勒显然对这样的意外感到非常不满。

"喂！你们那样抬一位心脏病人，可是会出人命的！应该这样……"

纳夫普和威利竟然打算用一种搬运尸袋的方式将捷尔特博士抬上警车——这种粗糙的救护行为，我的助手当然看不下去。

"我懂一点点急救常识。我想，路上有我照顾，情况应该会好不少。"塔芙妮纠正过那两人的错误之后，对积格勒提出了随行的建议。

"那就快跟上啊！我随后就到，让威利向总台汇报……"

"好的！老板，有什么情况我会和你联系的。"

"嗯，路上小心。"

窗外的警车开走了，警笛声渐远。客厅里就剩下我和积格勒了。

"你难道不觉得，如果你们不来，情况会好得多吗？我早就料到了这样的结果。文泽尔，我们本来可以在这里待几天——不！说不定就是今晚，我们就可以抓到那家伙。可现在呢？他们会来杀死我吗？他们会不会来杀死我呢？笑话！我们这些无足轻重的小人物……"

"伊凡特留下的那些录音带，你也听过吗？"

积格勒无语。

"并不止这些秘密，你知道的。"

"文泽尔，不论你再说什么，我都不会告诉你其他东西的。你知道我为什么还留在这里吗？"

"等待其他警员过来，不给我取得更多线索的机会。"

"没错！我知道你会耍一些小伎俩的。你一向不认为擅闯民宅是犯法的，不是吗？汇报过总台之后，会有人来接我的班。如果你那时还在这儿，我就会让他们记住你的长相；之后你如果再接近这栋房子，他们就会让你发热的头脑冷静下来。"

"不错的主意！"

"文泽尔，今年夏天的那件事，你竟以为我会没听说吗？警局就是这样的地方，你也看到了。我老了，我现在最希望的，就是不再出什么意外，能领上全额退休金。"

"嗯,我明白了。积格勒,你会拿到全额退休金的,我保证在结案之前不再回到这里了。"

"那样最好。"

可惜我并不打算兑现自己的承诺,这样的说辞,也仅仅是想让老积格勒安心些;如果莫斯曼无法帮我取得更多线索,我想,我一定还得回来。

我将车横在莫斯曼家门口,但并没有关掉引擎,也没有下车,只是将副驾驶座旁的车门打开了;我摁住车喇叭不放,同时用手机拨通了他家的电话。

这个方法很有效,在莫斯曼的邻居们几乎要出来和我拼命的时候,莫斯曼拔掉了电话线,出现在了我的面前——他甚至都没有换下睡衣,头发也是乱作一团。

"不是叫你不要来拜访了吗?你是想让我疯掉吗?迟早有一天……我是说,总有那么一天,我会搬到斐吉斯去,那样你就再也找不到我了。"

"行了,快上车吧!你可以入侵警局内部网的,不是吗?"

"现在?至少也等我换下睡衣吧。"

不过,莫斯曼似乎也没有时间换下睡衣了。十四号里一位怒气冲天的胖老太太,手里提着一根粗大的擀面杖,一边向这边走来,一边对着莫斯曼高声喊道:

"莫斯曼!你抓住那个家伙!我来给他好看!"

我可不想被那个大棒教训一番。在莫斯曼还在发愣的时候,我一把将他拽进了我的车里,同时将油门踩到极限。高速旋转的轮胎此刻肯定已经在路面上磨出了火星,莫斯曼的脚还没来得及收进车里,我们就已经横穿卡尔街,来到了李希特街的另一侧。

"梅尔太太肯定会杀了我的。喂,我说老兄,她真的会报警的!她会对接线警说,一个开红色奔驰SLK200的'制造噪声的蠢家伙'将她那'和蔼可亲的好邻居莫斯曼先生'强行绑架了!尽管她已努力打算营救我,并计划给予入侵者以重创……"

"她不会杀了你的,我的莫斯曼。你回去之后甚至可以去敲她的房门,告诉她你已经成功地打击了入侵者,砸烂了那辆发出噪声的双座跑车,并警告他再不许踏上李希特街一步。不妨将故事编得曲折生动些——梅尔太太会将你的英雄事迹在邻居之间义务传颂的。"

"嘿,那是个好主意……咦,你怎么把车灯关上了?"

我没有理会莫斯曼的问题。我将车停在了捷尔特博士别墅的对面,熄灭了所有车灯,并关掉了引擎。接班的警员已经来了——两个人,积格勒正在别墅门口跟他们交代情况。

没过多一会儿,积格勒就离开了别墅,沿李希特街向卡尔街的方向走了。最近的医院当然是第三医院,离这里步行最多不过十分钟。那之后,其中的一个大个子警员进了别墅,客厅的灯稍后便亮了;另一个小个子警员则回到了警车里。他们这次没有特意将车停进侧边的小巷——积格勒似乎忘记了交代这点。

记下这辆警车的警用车号和车牌号后,我重新发动引擎,向着十一局的方向驶去。

第二幕 潜入十一局行动

"汉迪克,你还在加班吗?"

"别傻了,文泽尔。我的那点工资可不值得我加班到晚上十点过五分。"

"那就最好,我和莫斯曼已经在路上了。我们就在你们局对面的皮娅芙酒吧门口碰面,十点半,没问题吧?"

"什么?我的天!现在去弄机要室的电脑吗?局里还有人在加班呢!"

"没什么困难的,相信我。汉迪克,我的老朋友,一会儿见。"

我挂断了电话。

"你这个一厢情愿的家伙,如果有天你也进了监狱,我不会太意外的。"

"那大概会是你搬到斐吉斯之后的事了。现在系好安全带吧,莫斯曼,我要加速了。"

皮娅芙酒吧的龙舌兰酒深受十一局警官们的喜爱,汉迪克下班后也经常和同事们在那里消磨时光。这间酒吧并不是通宵营业的,凌晨一点就早早关门了。店主的理由纯粹是出于好心:他不想这些公职人员因为整夜泡吧而导致白天上班没精神,更间接性地让该区的犯罪率上升。

汉迪克准时到了。我和莫斯曼在他车还没停稳之前就冲他挥手,但他并不理会我们。他一直板着脸走到我们面前,一声不吭。我给他递烟,他看看我,接了,自己给自己点上,深深吸了一口,才开口说话:

"文泽尔,你听不懂我说话吗?局里有人加班;况且,就算没人加班,大厅里也总是有人值班的。你认为我怎么带你们进去?何况这家伙……嘿!莫斯曼,你怎么还穿着睡衣?今天不是愚人节,你们的玩笑开得有点大。"

"汉迪克,你有带手铐吗?"

"有，在我车里。问这个干什么？"

"那就行了。"

我把我之前在车上告诉莫斯曼的计划向汉迪克复述了一遍。

"或许能行。不过，文泽尔，我不习惯说谎的。你知道，那从来都会让我很紧张。"

看样子，汉迪克也认为这个计划不错。我要做的，只是再给他一点信心。

"当然能行！你十二岁时的人生目标不是进军百老汇吗？今晚只要能发挥出你那天才演技的百分之一，就绝对没问题了。"

"好了好了。试试看吧。"

"嘿，班森。我说，机要室现在还有人吗？"

"早没人了。有什么事吗，这么晚了？"

汉迪克将用手铐铐住的莫斯曼向前推了推，我也趁机出现在这位名叫班森的值班警员面前。

"这位是警探桑莫塞，梅尔市二局来的，刚刚才到。他们逮住了这个家伙，看上去确实挺像马尼·莫拉，不是吗？"

汉迪克又将莫斯曼往前拽了拽，莫斯曼装模作样地呻吟了一声。他那一头蓬乱的头发，几乎戳到了警员班森的脸上。

"看起来像是吧，可那又怎样？"

"我们需要通过内部网上的罪犯资料取得马尼·莫拉的指纹，以便和这个家伙的进行比对。自从我们前天在床上逮住他后，他就开始装哑巴了。"

我特意使我的声音带上那么一点梅尔市口音，并且还把莫斯曼使劲往我这边一拉。他又叫了一声，那个样子就好像是我将他的手腕掰断了一样——莫斯曼真该去当个演员。

"明天再来不行吗？"

"班森，已经扣押他三天了，你知道非法拘留的定义，不是吗？如果今晚还得不到指纹比照的结果，他们就得把这家伙放了。我也觉得这人就是那个倒卖大麻的。你看看，今晚我本来不用加班的，你总不会让我白跑一趟吧。"

"我们抓到这个人，也费了不少劲儿。"我在旁边补充道。

"可机要室里现在没人。"

"没事，只要能进去就行了。桑莫塞警员曾在一局的机要室工作过，熟悉这些东西。"

汉迪克向我挤挤眼睛。

"没错，我想，贵市的内部网，原理上应该和梅尔市的基本一样，没什么问题。"

"哦，那是最好。这是钥匙。最好快点儿，两点我就下班了。"

"当然，班森！明天的午餐我请。"

汉迪克拿过钥匙，将莫斯曼一拖，径直就往电梯走去，我赶紧跟上，还对班森警员说了一声："谢啦！"

班森举起手中的咖啡杯，向我致意，并投来一个友善的微笑。

电梯间里，汉迪克帮莫斯曼打开了手铐。

"嘿，汉迪克，你的演技可以参评最佳新人奖了！"莫斯曼不忘在这会儿称赞一下汉迪克。

"帮我擦擦手心的汗吧！文泽尔，再给我支烟，我忘带了。"

我抽出还剩半包的万宝路，递给汉迪克。

"我看你是想借我的烟抽吧。你怎么只记得带打火机呢？"

汉迪克笑笑，不再理我，而是自顾自地抽烟去了。

十一局机要室,将近十一点半。

"还是调用一样的资料吗?"

"只要是和伊凡特案相关的都要。喂,汉迪克,你把烟蒂丢地上没关系吗?"

"你没看到满地都是吗?早上会有人来打扫的,不用担心。"

"打印出来还是发到你邮箱?"

"当然是打印出来!"

"但是内容相当多,打印的时间不会短的。"

"如果你愿意帮我做个摘要那是最好。对了,再查查警用车号为FP010337,车牌号是FZ-P3118的警车的出车记录,看看现在是哪个小队的谁用这辆车。"

"好的,警用车号FP010337……不过摘要就算了。我给你把内容相似的资料都整合一遍,大概可以省下一半的纸张。"

"机要室打印机的纸少了没事吗?"我问汉迪克。

"调用刑事科重案二组的打印机吧,那是我的职权范围,应该没什么问题。"汉迪克叹了口气。

"可以调用吗,莫斯曼?"

"当然可以。对了,汉迪克,我找到你的工资档案了。要不要把你的薪水改成和你们局长一样高?反正是每月电子转账,没人会知道的。"

"我怎么觉得我该把你们统统铐起来?牺牲宝贵的休息时间,和两个每时每刻都在触犯法律法规的家伙待在一起,我看我真是疯了!"

"那么你是不用我改了吗?"

"你确定不会被发现吗?"

"当然!"

"那就三个月吧。我也想试试拿局长工资的感觉。对了,莫斯曼,能增加我的假期吗?我还没去过梅铎克(Medoc)的 Ch. Mouton 酒庄呢!"

十一局电梯间,十月八日凌晨零点三分,星期二。
"我看不大像……"
"没事,汉迪克。你指望一个熬到午夜一点的人还有好眼力吗?"
"反正你在这个周末之前一定得还给我!总局的布伦法副局长星期五会过来检查——内尔如果在那之前找我挂失的话,我还得多写份报告。"
"别紧张,我不会把它弄丢的。如果你愿意亲自过来取的话,我倒很愿意用那瓶雾葡萄酒来招待。莫斯曼,你也会来吗?"
"你说我怎么可能错过……"
莫斯曼的话还没说完,电梯门已经开了,警员班森就站在门口。
他的表情很严肃——不过这倒还好,关键是莫斯曼就站在最前面,一只手挽在睡衣的系带上,另一只手则悬在空中,正准备拍我的肩膀。
手上当然没有手铐!
"桑莫塞探员,能不能给我检查你的……嘿!那家伙是怎么弄开了手铐的!"
班森已经拔出了枪。汉迪克整个人都愣住了,莫斯曼的手也不知道换个位置。
我就在那个时候用手肘将莫斯曼的喉咙卡住了。在这个动作完成之前的半秒钟,我已经以条件反射般的速度冲着班森喊叫:

"班森!班森!你知道紧急通道在哪里吗?"

"什么?紧急通道?"班森握着枪,却并不知道前进或者后退一步,准心也并没有瞄准任何目标。我敢打赌,这样的情况,在警员班森的职业生涯中绝对是第一次!

"马尼·莫拉的同伙,有武器,最少两个人。听着,班森!班森,你有在听吗?"

"是的,我在听!"

"你马上去守住紧急通道!我带这家伙上车,汉迪克警长会守住电梯。明白吗!"

"好的!我马上过去。祝你好运!"

班森匆匆向我行了一个礼,就朝紧急通道的方向跑去了。

我则拉了还没有回过神来的汉迪克,与莫斯曼一起向着十一局大门跑去……

第三幕 内部网资料的浏览、整理和假设

"看来这次一定得写报告了。文泽尔,你那小伎俩可真算不上聪明!我说,班森明早一定还守在通道口呢!我该怎么跟他解释呢?"

"总有办法搪塞过去的。或者你可以说'马尼的两个同伙'从窗户溜走了;又或者你看到他们从二楼的房间放绳索下来,然后你就冲了出去,展开了一场大追捕。嘿!我今晚用总局的名义给你们局发张通缉令好吗?不过我得找张合适的照片。"

"得了吧!莫斯曼,那样情况只会更糟的!班森那边我有办法应付,谢过你的好意。"

"现在呢,你还是要过去吗?"汉迪克转过头来问我。

"这些东西我还没看呢！我想我会去的，反正都已经准备好了，去也无妨。"

打开车门，我把刚印好的资料放在了驾驶座旁。

"那我该怎么回去呢？如果这样去拦车，司机大概会马上报警。"莫斯曼指指自己的睡衣。

"我们的汉迪克警长会很乐意送一位良好市民回家的，不是吗？"

这当然是一个很好的建议，莫斯曼肯定也是这么认为的——因为我们两人已经不约而同地将目光投向了汉迪克，只等着他说"上车吧，莫斯曼"了。

汉迪克知道自己拒绝不了，也就懒得再说多余的话了。"好吧好吧，怎么样都行。上车吧，莫斯曼，把你的头发稍微整理一下，还有睡衣。不要看上去像个女人一样，被人看见可就麻烦了。"

"好的好的，顺道去我家喝杯咖啡吧。妈妈上星期又给我送巧克力小甜饼来了，还有很多呢。"

皮娅芙已经关门了。汉迪克的车引擎声很大，不过一会儿也就小了，消失了；但我还看得见那若隐若现的车尾灯。

待到连车尾灯的光亮也随着夜色一并模糊不清的时候，我自然已经回到车里，开始翻阅起那些好不容易才到手的内部资料。

现场描画，法医报告，目击者报告，线索分析，犯罪心理分析，重案组每次的开会报告，上级勒令限时破案的批示，二次批示，三次批示……莫斯曼的整合并不细心，我在翻阅的时候依然看到了很多重复的内容，但他总算记得将这些资料按照时间排序。

辛蒂的案子、苏珊的案子、艾莉斯的案子……我至少翻过一百多张印得密密麻麻的资料纸，除了更详细地了解到每个案子的表面细节之外，几乎一无所获。资料里前几次的线索和犯罪心理分析都存在不少臆断及错误，会议中也产生了不小的分歧：艾莉斯案子的血字被某位探长解释为"下次他很可能会对老年人下手"；由凶器为剪刀及第二、三、四号案件均发生于同一个区的特征，拉克副局长甚至提出要调查豪泽区的所有裁缝并将他们暂时扣押——我们这位显然是持理想主义态度的副局长大概认定，使用剪刀的犯人一定是以裁缝为职业，幸好这样的提议并未被采纳。

他们也并没有拟出什么像样的计划来——由于这个案子的影响太大，总局的高层颇有默契地在决策上给予了过多的关心和干涉。可怜的积格勒，虽然身为本案负责人，却很少能够按照自己的想法做出一些实际而有效的行动。开会报告里积格勒的提议被否决率几乎是百分之百（实际上，我那位曾经的大胡子搭档给出的提议，大部分都是现在看来很有可能奏效的）。

高层倾向于保持"按兵不动"，毕竟，动一下难免出错，亨利·多勒引咎辞职的例子摆在眼前，谁都不希望为了一个棘手的案子而丢掉自己的饭碗。

但这样一直等待下去也不是办法。伊凡特当然不会陪着警方一起等待，受害者仍在增加。玛丽的案子发生后，似乎是有人提出邀请一位心理专家来协助调查（这个建议的提出在案子的发展中显得如此顺理成章，因此我们甚至都不能从资料中知道，究竟是谁首先提出这个建议的）。考量一番之后，总局选中了曾经在总局负责过半年的法医培训工作并且在犯罪心理学研究上有一定知名度的捷尔特·内格尔博士。

捷尔特博士根据被害人特征和凶手遗留下来的血字内容对凶手的身份进行了大量合理而大胆的假设。他推断凶手为二十岁到四十岁间的白人男性,有轻度自闭症及性心理变态,可能是法国南部人,并且所留的名字很可能是真名。

专家的意见倒没什么人反对。警方按照这个描述,追查到伊凡特的出生地法国于塞,但伊凡特早在一九八一年就离开了法国,他在于塞没有什么保持联系的亲戚。况且,也没有明确的证据表明出生于于塞的那个伊凡特就是现在潜藏在自由意志市的邪恶剪刀手,此时线索基本上已经全部中断。

六月十七日,即莱塞济·佩里格的案子之后,整个案件却似乎突然出现了转机——六月二十五日的会议报告中记录了捷尔特博士的一段发言:

"根据我之前的假设,犯人很可能是我的一位不愿透露姓名的病人;他大概在去年六月时初次来到第三医院,当时他的手被木钉刺穿——我想他应该是个木匠。"

得到的资料中,除了法医报告和上级的批示(那是因为这些文件在撰写时即规定采用电脑文档格式)之外,其余都是相关手写稿的扫描复印件——机要室的工作人员以索引加上大量扫描文件的方式来浪费机要室电脑中显得有些过多的硬盘空间,这些因为插入了很多图片而大得惊人的文件估计会在每季度末以兆字节数统计的形式呈交上去,以作为机要室在之前数月中每日辛苦劳作的有力证明。

可能是负责录入的警员在扫描会议记录原始稿时粗心大意的缘故,这段发言及会议记录的后半部分统统缺失了,紧接着的一页是当天会议的末尾、由积格勒所做的总结:

"鉴于博士给出的建议,讨论后,决定申请抽调一个便衣分队负责博士正常工作时的监视和保护工作。其余行动及分配保持不变。"

我对中间缺失的内容感到十分好奇。如果伊凡特真是捷尔特博士的一位病人，则捷尔特博士当然曾经和伊凡特对话过；但今天在博士家时，塔芙妮的这个问题却得到了博士否定的回答。目前看来，博士并没有什么对我们隐瞒的必要，那是否表明此处博士的判断后来被证实是错误的，又或者博士曾和警方达成过什么协议，承诺不将自己曾和伊凡特接触过的事实公之于众呢？

带着这样的疑惑，我继续翻阅下去。可惜，后一天下达的上级批示反而给我带来了更多的疑惑。

本案第六次的批示这样写道：

"无论是否侦破此案，案件都必须在七月十九日之前侦破，最迟不得超过七月三十一日。"

参考我们已知的、关于本案的部分"事实"，本案确实在七月三十一日之前顺利结案了。上级之所以将破案的最终期限定在七月三十一日，是因为"六个月"这个时间期限经常是敏感的各大媒体期待万分的一个字眼。"伊凡特案拖滞长达半年之久"作为头条标题放在本市各大报刊的第一版上，几乎是变相向总局的领导层递交集体辞职信。

这句看似极其简单的批示在表意上自然是前后矛盾的——"无论是否侦破此案"，这样的论调让我感到心寒。前后两个"侦破"指代的含义显然是不同的。总局高层的意思可能是，即使案件在七月底仍未被侦破，警方也要伪造出案件已经侦破的假象，并力图将之后发生的案子隐瞒下来。

我立即想到了缺席进行的伊凡特公审和秘密执行的死刑，加上州议会在"逮捕"伊凡特之后长达三个月的、意图恢复死刑的"激烈"讨论：既然现在伊凡特很可能没死，这一切是否只是政客和无能官僚们为了保住权势及安抚民心而导演出来的一场可笑闹剧呢?

为了证实我的猜测,我将剩下的资料纸反过来翻阅,想看看这个案子真实的结局究竟是如何。

最后一页纸,大概是由于打印的缘故,上面只有一个日期:二〇〇一年十一月二十三日

这个日期似乎和今天(准确点说,应该是昨天)我看到的某个日期比较接近,但我现在却怎么也想不起来了。

为了帮助自己糟糕的记性,我将资料往前翻了一页,一个名字马上跳入我的眼中:

狄尔瑟·赫拉斯

我得承认,这个名字确实帮助了我想起一些事:

二〇〇一年十一月二十二日,狄尔瑟·赫拉斯因车祸重伤入院,当日夜间不治身亡……

而这张纸却是打印稿形式的法医报告。

我的天!

我抱着难以置信的态度看完了和狄尔瑟·赫拉斯女士相关的那些资料,并不得不接受以下的事实:

狄尔瑟女士并不是如莫斯曼在公共网络中(莫斯曼调用的应该是民政局的档案)查到的那样,因为车祸重伤而身亡——狄尔瑟·赫拉斯是伊凡特案的第八个死者!

编号:8

被害人姓名：狄尔瑟·赫拉斯

遇害时间：二〇〇一年十一月二十二日

年龄：三十三岁

职业：主妇

现场：朗林根区李希特街五十八号／公寓卧室中

血字位置：卧室衣橱的侧面

血字内容：

"永别了，我的医生朋友，可怜的背叛者。"

——伊凡特，内疚的病人

第四节 真相背后

Ils se sont mis d'accord.
C'est une vraie écurie!
（法语：他们达成了一致。这地方真脏！）
……

十月八日凌晨两点十分，星期二。

我终于看完了这些资料，但并没有马上发动我的车。我关掉了车内灯，打开车窗，点着了一支烟，但并不急于抽第一口。我让香烟就这样燃烧着，感受着看不见的烟雾弥漫的同时，我开始在脑海中整理刚刚获得的关于本案的新线索。

从之前和捷尔特博士的对话开始。实际上，从对话中并没有获得太多有用的线索，但我们至少明白了局里对这个案子讳莫如深的一小部分原因：伊凡特留下的那些磁带，称其为"死亡实录"还更合适些。正如博士之前描述的，伊凡特在每次作案的同时都会打开录音机，用近乎表演的方式将自己和死者之间最后的"交流"（至少伊凡特会这样认为）录制下来。他将磁带留在现场的目的，按照捷尔特博士在二〇〇一年四月十六日会议上做出的分析，是其"童年表现欲的延伸"。

这种表现欲直接造就了引起数万市民愤慨万分的血腥现场：脸部器官和手指被残忍截去的尸体、用死者鲜血写下的挑衅话语。警方选择不公开那些"死亡磁带",显然是打算减轻舆论带来的压力:隐瞒和掩饰,他们早在十年前就习惯这样做了。

但我没想到他们这次竟会如此大胆——看过内部网的资料之后我才知道:媒体和公众在伊凡特案上被彻底欺骗了。

让我们看看以下这些会议记录中的片段:

二〇〇一年四月二十三日,周一例会,捷尔特博士

我们观察到伊凡特每次的作案手法,从辛蒂到玛丽的案子都没有太大改变。这点和那些偶然犯罪而逐渐上瘾的凶手们不同,伊凡特选择完成这些案子是他计划并期待已久的,因此他不用总想着如何引起更多注意。他强烈的反社会心理,说明他很可能是一位头脑聪明的精神病人。

二〇〇一年六月二十五日,周一例会,捷尔特博士

根据我之前的假设,嫌疑人很可能是我的一位不愿透露姓名的病人:他大概在去年六月的时候初次来到第三医院,当时他的手被木钉刺穿——我想他应该是个木匠。

二〇〇一年七月二日,周一例会,积格勒

必须对派特瑞克和米歇尔的监视工作提出严重批评!我必须再次强调,即使由此断定博士上星期给出的推断是正确的——犯人主动放弃作案的承诺并不可信,我们不应用沉默来显示我们的无能,我建议给第三医院的便衣分队增派人手,他一定会再次和博士取得联络。

二〇〇一年七月四日,加急会议,拉克副局长

我们已经没有时间了,既然他在磁带里面告诉我们他的门

牌号，我们当然应该去拜访！管它是不是陷阱，我们已经没有时间了！

二〇〇一年七月五日，加急会议，科萨尔副局长

我们不妨相信他的诚意——这是最好的方法了：他离开自由意志市和他在自由意志市被警方击毙没有什么不同，这都是为了警局的荣誉！

二〇〇一年七月九日，高层特别会议，理查德处长

为了对媒体和公众表现我们的诚意，这个方案显然是更好的。即使我们需要法院方面的配合，实现起来也并不太困难——哥特瓦尔德先生透露过他需要一些改革，这些对席位的争取很有帮助。

哥特瓦尔德·詹纳斯是本市社会民主党的负责人之一——这位风评向来不太好的圆滑政客在本市司法界拥有巨大的影响力。

实际上可以说得更明白些——按照内部资料所提供的信息，警局在二〇〇一年七月二十三日对伊凡特的逮捕，州法院七月底上书州立法委员会要求在本州范围内恢复死刑，数月间对伊凡特进行的缺席审判，十月二十四日执行的死刑……这些全都是一幕幕接连上演的、对犯人妥协忍让的荒谬表演。

伊凡特确实是捷尔特博士的一位病人，目前已知的是——他在二〇〇〇年六月第一次出现在第三医院的急诊室里。根据之后几次会议中捷尔特博士的描述，虽然他的手伤已经痊愈，但却保持着和博士的联系；即使这样的联系显得并不太紧密——按照博士的说法，他通常间隔一个月甚至数月才到他的办公室拜访他一

次。如果这时他碰巧比较忙碌的话,这位他曾经的病人会很礼貌地离开;如果他不忙的话,他就会絮絮叨叨地和他讲一些乍一听很无聊的事。按照会议记录,讲的都是诸如"邻家又死了一只猫"或者"路过的车辆声在午夜依旧很嘈杂"之类的话题。捷尔特博士早就觉得这位无聊病人的精神状况有些小问题,但鉴于自己工作繁忙,并没有太在意——毕竟这位差不多一个季度才来一次的满腹牢骚和怪想法的"熟人"只是需要一个倾听者,他没必要多此一举地去做些什么。

至于伊凡特为什么会来找他,资料中并没有明说——关于博士和伊凡特的交往,很多细节都被省略掉了(不知是博士刻意省略,还是资料录入人员偷懒所致)。唯一详细描述的,是伊凡特在六月二十二日和六月二十九日的两次拜访(这些描述出自博士六月二十九日在警局做的笔录)。

关于六月二十二日拜访的部分:

他推开了我办公室的门——艾莎知道他是我的朋友,或者他这样告诉了她;无论如何,他进来了。多次造访使得他对这里,或者我对他都没有了陌生感。然而,可笑的是,我甚至还不知道他的名字。

他依旧念叨着一些琐碎的事,他说上星期他在一个广场看到一个年轻女学生吸烟,他教训了她一顿——这时我正在写一个关于促进凝血因子生成药的报告,他的描述却使我突然联想起莱塞济·佩里格的案子,这使得我停下了手上的工作,对他和他的话细细思量起来。说来惭愧,虽然他将我视作他的朋友,我却一次都没有和他用心地交流过,甚至在那次之前,我对他的外貌都感到十分模糊——只是在数月间有"这样的一个人似乎又该来了"

的念头,看来,我对他确实有些过分冷淡了。

这是一个三十岁左右的青年,茶色瞳孔,留着比较长的、有些卷曲的浓密金发——他的衣着显得廉价但不邋遢,整个人比较憔悴。

他的口音不像是本地人,甚至有些像外国人——可能我特意放大了这样的特征,我现在就认为他非常像法国人,尽管在和他第一次见面时,我只认为他是个土生土长的、技术一般的木匠。

他对我此刻的注意十分在意,本来习惯旁若无人地自说自话的他反倒有些拘谨。我给了他一杯水,有些半开玩笑地问他:"我们认识这么久了,我的朋友,我还不知道你的名字呢!"

本来我并不期望他会立即留下自己的名字,但他在听到我的提问之后,突然全身有如癫痫病人般颤抖了一下——他也丝毫不在乎交往中的礼仪了(事实上,之前的交往中他也没有很好地遵守过类似的礼仪),拿过我桌上放着的、正在写报告的钢笔,在一张处方函上写了些什么,然后,连告辞都不说一句,就转身离开了我的办公室。

我当时似乎是傻了,他走了一两分钟之后,艾莎进来询问是否可以让下一个病人进来,我才回过神来。我当然是拿起那张他刚刚写了字的处方函,上面写着他的名字:伊凡特·冯·托德。

本周一警局的例会上,我怀着忐忑的心情呈交上这样一份报告——我不能排除那是位臆想症患者的幻想,毕竟案件的现场照片和那些血字的内容在随便一份报纸上都可以查阅得到。

六月二十九日的部分:

他推开了我办公室的门——这点使我感到吃惊：如果是在上星期甚至之前的半年里，这样的情景都不会令我感到如此吃惊甚至窘迫。我的记忆告诉我，在办公室外面有两个便衣正负责我的安全，我还记得他们的名字是派特瑞克和米歇尔。我从来没有这样紧张过，但我反复告诉自己，千万不能让他看出我的紧张——"而且一切都还不确定呢！他肯定只是一个臆想症患者。"我这样告诉自己，并努力让自己镇静下来。

他对我停下手头的工作显得有些疑惑——因为我平时不是那样的，但他还是坐下了。这次有些不同，他没有立即开口说话，于是我们在办公室里也就这样尴尬地沉默着。我想要拿起话筒通知艾莎并让她做些什么，但又不敢轻举妄动；我想尝试着先开口，但又不知道该说些什么。

终于还是他先开口了。他问我："你知道我的名字了？我知道你看《时事》周刊和《观察家报》，那么，一切也就清楚了，不是吗？"

我哑然，那一刻我觉得他一定会立即杀死我，虽然我在心里还是不停地重复着"一切都还不确定呢！他肯定只是一个臆想症患者"来安慰自己。作为一个临床医学博士和一位从医十年之久的急诊室医师，我看过无数的尸体，但那时我依旧害怕自己会成为一具被剪去器官的尸体，这并不因为我的专业和职业有些什么改变。

我不知自己该回答些什么——他似乎也知道我会作此反应，只是看了我一眼，便接着说了下去，"别担心，我不会伤害你的，我的医生朋友"。他用眼神示意我坐下。算起来，我和他相识也差不多一年了，但我从没听到过他这样说话：他的任何话语和举动在这样的情况下都显示出毫无疑问的说服力，我坐了下来。

他开始述说起自己的故事，他的苦闷和对生活的疑惑——我注意到他的声音和那些现场磁带里的声音不太一样：但我并不敢对这个疑问发出一点自己的声音。他提到那些被他杀死的女孩，但他没有用"杀死"这个词，而是用"带她离去"来代替。他并没有提到现场的录音，这使我之前"臆想症患者"的猜测直到最后也没能够完全否定。

他独自讲了很长时间，大概有将近一个小时甚至更长——其中有段时间我甚至怀疑艾莎、派特瑞克和米歇尔都被他杀害了。我在这天四点半的时候有一个预约的病人，而这时都已经将近五点了；况且，六月份的急诊室虽然向来都有些冷清，但今天是星期五，往常总也会有一些突然造访的病人的……

我这样胡思乱想着，眼前人依旧絮絮叨叨的话语我并没有听进去太多——我只记得他从他的童年讲起：他的家乡是法国于塞，他的父亲、祖母怎样死去，他为何离开自己的家……他在这些年里的生活，根据我模糊的记忆应该十分艰苦：他说到他带走过不少人，他说到他现在在做一件"惊天动地"的事——讲到这里时，他的表情很得意，并且沉默了一小会儿。

这时，我不知从哪里来的勇气，可能是他长久的絮叨让我有些麻木和厌烦了——我问他："那么，这件大事什么时候能够做完呢？"他仿佛那一刻从对自己经历的万分迷恋中惊醒，有些腼腆而局促地回答道："就快了，再给我一星期的时间，就快了……"他这时又恢复成以往他来找我时的那种，略带谦卑和紧张的语气和神态。

他看了看我办公室的挂钟，突然间显得很慌张——他并不看我，而是自顾自地说着"好了，无论如何，捷尔特先生，无论如何！下星期他们就会满意的……我要走了，很抱歉打扰了您，这么久以来…谢谢您一直耐心听我的废话,我该走了,祝您……"

他最后的祝愿我没听太清,他起身,匆匆离开了我的办公室。我立即拿起话筒,艾莎抱怨道,"您的朋友可真有些唠叨,史密斯先生都等了半天了"。我向她问起派特瑞克和米歇尔,哪知他们中午就已经离开了。毕竟,那天是星期五,不应该责怪谁的。

捷尔特博士大概是在六月二十九日的这次拜访之后,立即前往总局完成了这份笔录。七月二日的例会上,派特瑞克和米歇尔受到积格勒的严厉批评,当然也是因为笔录中的内容。

如果让时间回到去年六月二十九日,将我和捷尔特博士的身份对调,我也会偏向于相信,这些对话是一位严重的臆想症患者刻意编造的。整个对话中并没有提到那些外界并不知道的死亡磁带。除了一个名字之外,也没有任何能够证明来访者身份的线索(甚至博士自己都留意到来访者的声音和死亡磁带中凶手的声音明显不同)。而且,当捷尔特博士提问的时候,来访者就马上表现得紧张、腼腆和胆怯——这十分容易让人联想到某人谎言被揭穿时的场景。

然而事情之后的发展却有些奇妙——最后一次拜访的后一星期,七月三日,伊凡特兑现了他的承诺,巴斯德的案子里,伊凡特在磁带中报出了一个地址,他是这样说的:

"……这样就够了,欢迎来帕拉迪兹街一七四号B栋,顶楼有给你们的礼物,问珀迪塔女士好。"

然后,根据拉克副局长在七月四日加急会议上的决定,会议当日下午,积格勒率领总局重案二组的几乎全部成员来到帕拉迪兹街一七四号;总局方面在"慎重研究"之后,还特别抽调了武装警察、炸弹专家甚至直升机配合行动——我很难相信这样庞大的阵容会不引起本市敏感媒体的广泛注意。于是可以想象得到当日的情景（虽然这样的想象有些夸张）：武装警察艰难地阻止着蜂拥而至的记者，炸弹专家被楼道内围观的群众挤得动弹不得，电视台的直升机为了争夺有利的摄像位置而和警局的直升机较量着驾驶技术……我们可怜的积格勒和他那帮汗如雨下的部下在珀迪塔女士的引领下，来到伊凡特·冯·托德以某个化名租住的顶楼房间里，在早就预料到主人不在的情况下找到一堆盛装着耳朵、舌头、鼻子和手指的小瓶以及一封由刚刚迁走的房客留下的信笺：

Nostalgie qui embrume le regard.
Tu nous a donné des émotions.
L'inquiétude lui mordait le coeur.
Cela me fit naitre l'idée de voyager.
Au plaisir!

译文：
思乡情模糊了目光。
而你叫我们担惊受怕。
焦虑咬噬着他的心。
这使我产生了旅行的念头。
再会了！

根据资料中的复印件，这封手写体的告别信最后署名为"伊凡特·冯·托德"——依据警方的笔迹校对，证实这个签名和六月二十二日捷尔特博士的访客留下的签名相同。虽然有人提出这些签名和每次伊凡特作案时的血字字迹明显不同，以及每次作案时的血字并非用法文写成的疑惑，但按照顶楼房间里留下的大量器官比对，证实这些被精心"收藏"的人类器官确实属于伊凡特案的那七位被害者（虽然还是有一些缺失——警方没能找到艾莉斯的拇指以及辛蒂的鼻子）；并且，按照伊凡特的房东珀迪塔女士的证词，租住此屋的人的外表特征和博士在六月二十九日所做笔录中的那位基本吻合。案情到这里似乎已经完全明朗了。

七月五日的加急会议上，积格勒对上级在昨日行动中打草惊蛇的部署表示不满——可惜我们大胡子探长的不满并没引起任何共鸣。高层陶醉在各大媒体公布的"伊凡特藏身处已被捣毁，逮捕剪刀手指日可待"的新闻中。

高层总是不择手段地谋求自己的利益或是媒体的些许宽容——他们根本就不在乎是否会放跑罪犯。在功劳很难捞到的情况下，就要尽量取悦媒体，做些表面功夫才是本市官僚的天生强项。

可怜的积格勒，看来现在他也总算是明白这点了——想着昨晚在捷尔特博士家看到的积格勒：一把灰白的大胡子，以及他那套"拿上全额退休金"的理论，再想想十年之前我们合作的那个案子，我的心里不由得感到一阵莫名的悲凉。

五日的会议始终围绕着两个话题展开讨论：伊凡特究竟该被警方击毙，还是该继续在潜逃中？显然后面的一个假设不太符合"本市警局的荣誉"。我们应该注意到，这些都只是假设；相信一个未被逮捕的凶手说自己打算去旅行的话，就好比相信一匹狼今后要吃素一般荒谬可笑。而这样荒谬可笑的事竟然被本市警方高层在一次加急会议中慎重讨论着，我的悲凉感不觉又加重了些……

在基本决定了伊凡特"应该被警方击毙"之后，高层遇到了一个困难——这样的剧本实现起来依旧有一定的难度；一个追捕现场和一具被击毙的尸体显然无法被凭空捏造出来。媒体当然已经采访过珀迪塔女士，他们也知道伊凡特的长相；如果没有一具这样的尸体，便很难自圆其说。

当然，如果非要按照这样的剧本来导演，高层也一定有他们的好办法。至少从目前看到的演出推断，他们应该称得上是最专业的演员了。

九日，举行了高层特别会议。总局局长、五位副局长及数位警方的高级官员在讨论之后稍微修改了计划并达成了战略一致（除了布伦法副局长反对这场演出之外，包括总局局长在内的警方高层全都投了赞成票）。正如我们看到的那样，七月二十三日，警方首先对外宣布伊凡特·冯·托德已被警方逮捕——之前帕拉迪兹街一七四号的事件已经做好了相当的铺垫，媒体对警方在该事件上的严格保密也找不出太多漏洞。

然后，依照科萨尔副局长的建议——大概是在哥特瓦尔德·詹纳斯先生的帮助之下，州法院在七月底上书州立法委员会要求恢复死刑。媒体和民众立即推波助澜，大家注意力的焦点由伊凡特案本身被牵引到"恢复死刑"上。

长达数月的缺席审判考验着民众和媒体的耐心，等到大家对这个案子多少有些淡忘的时候，再低调地透露出死刑执行的消息；这时，即使民众和媒体看不到伊凡特的尸体，也不会有太大的抱怨了。

官僚们意识到"死刑实况"这件事的敏感性，进而估计到民众和媒体不会对死刑执行本身产生太大的兴趣。只要伊凡特被执行了死刑,就是罪有应得,曾经表现得义愤填膺的看客们也就心满意足了。将一切真相都掩埋在人民公墓的一座空坟里,实在是捍卫警局荣誉的最好方式。

　　手中的烟已经燃掉了一半,我看着那晶莹的火光,如同看着被掩埋的数不尽的真相留下的泪痕一般——摇摇头,也不抽上一口,便将半截烟蒂扔出窗外,关上了车窗。

　　晚上两点多的风实在是有些冷了。

　　可怜的捷尔特博士,他的夫人竟成了伊凡特案前半段的最后牺牲品;警方走的路显然已经无法回头了,因此,狄尔瑟·赫拉斯的惨死,对外也只能解释为车祸。这前半段的最后一个案子,该算是伊凡特对警方和官僚们所为的无情嘲讽呢,还是对捷尔特博士和警方合作的报复呢,抑或两者都有?

　　我们可以想象,即使这些案子继续发生,警方也一定会继续隐瞒下去的。他们可能会说是出了手段高明的"拷贝猫"吧,这将是个不错的选择。

　　感谢莫斯曼和汉迪克的帮助,通过这些资料,我现在总算是和警方站在同一起跑线上了——可惜,这只是对伊凡特案的前半段而言;这个案子的后半段,按照汉迪克说的、已经有五位被害者的那个相关案子,内部网络中并没有任何已经录入的资料。习惯偷懒的档案录入员们,恐怕要等到这个案子结案之后,才会将其余的东西输入了。

　　这样看来,虽然是站在同一起跑线上,我却落后了整整一圈!

　　我还需要更多的线索……

第五节 瑕 疵

C'est élémentaire!

Il agit de manière que l'on voit ses intentions.

（法语：这可是基本常识！他这样做使得人们知晓了他的意图。）

……

即使是回头看看这些已经稍显陈旧的"新线索"，我们也还是能发现一些毛糙的、让人有些不舒服的"结"（但愿它们不会是死结），我愿意再将它们细细地理顺一遍。此时，我看了看表，离三点还有些时候，我们还有时间。

首先，也是最重要的一点，整个案子存在太多巧合了！

为什么伊凡特恰巧是捷尔特博士的一位病人？

即使存在这种巧合，那如何解释曾经一个月甚至数月才去博士办公室一次的这位伊凡特先生，何以在六月十七日莱塞济的案子之后，连续两星期的星期五都去拜访捷尔特博士呢？真的是"焦虑咬噬着他的心"吗？我们想想看，玛丽·洛林的案子和可怜的阿尔萨斯·卡彼涅的案子时间上相隔近两个月，阿尔萨斯案和莱塞济案之间又相隔了整整一个半月——伊凡特在这样漫长的等待中尚且没有表现出焦虑，为什么反而要在最后的几个案子中表现出焦虑呢？

六月二十二日和二十九日的拜访都有明确的证人，结合房东珀迪塔女士的证词，显然一个符合"三十岁左右的青年，茶色瞳孔，留着比较长的、有些卷曲的浓密金发，衣着显得廉价但不邋遢，整个人比较憔悴……"的描述的人物是确实存在的，但这个人是否就是伊凡特呢？

没有人能够肯定，因为这个人已经如鬼魅般消失了（至少在我的眼中如此）。

签名的疑问。

八个现场的血字都不是用法语写的，但帕拉迪兹街一七四号顶楼的告别信却用法语写成；我们无法否认因为字的大小而产生的些许笔迹上的差异（显然在八个凶案现场中，那些已经确定是用被害人被切下的手指蘸血写下的血字的大小比顶楼房间里伊凡特用墨水笔留下的法语字体大得多），但根据资料照片来看，两种伊凡特的签名甚至采用了不同的字体：信笺中的签名是漂亮的斜花体字，而血字的签名则采用了一种比较生硬的简单花体。

伊凡特·冯·托德的签名比较

取自内部网资料

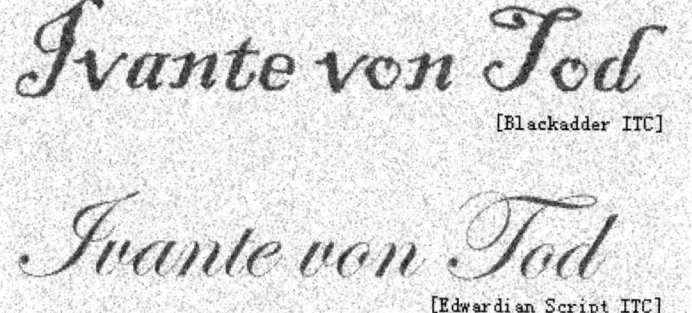

这是两种十分常见的手写花体，正如我们在资料照片中看到

的一样——血字的字体在海报设计上常被称作 Blackadder ITC，而信笺签名的字体则被称作 Edwardian Script ITC。

显然 Blackadder ITC 的字体风格比较适合用来写大型的血字，但就算写在信笺中也未见得会有多失礼；反正，伊凡特刻意采用的两种不同字体，不同的字体大小也给笔迹鉴定带来了很大难度——至少签名中的特征点变得难以确定，专家们无法确证行笔力度、字母相对间距大小、折笔的曲度以及收笔方向的不同是来自字体的改变，还是书写者根本就不是同一人——这些麻烦的事很快就被想要尽早结束案子的高层们忽略掉了。

我们已经知道，一个人在不同的书写场合使用两种甚至多种不同的字体并非太困难的事——但我们的伊凡特·冯·托德既非签名设计师，又不是以书写请柬①为职业，为何也要频频变换字体呢？

留意到 Edwardian Script ITC 是伊凡特在使用钢笔时用的字体（六月二十二日的拜访中留在处方函上的签名以及顶楼的信笺），一个可能的假设是，这些和伊凡特目前的或者曾经的职业有关：伊凡特·冯·托德似乎是一位宣传画技工①，因为"他的血字写得很不错"——这句话是积格勒在二〇〇一年三月五日的例会上说的。一个没有相关经验的犯人，写下每个字母都有半个拳头大小的，整齐、美观的 Blackadder ITC 式句子显然是颇具难度的。

更何况是一次成型，不经过任何修饰——我们可以猜测，他至少应该有三年以上的工作经验，并且接受过相关培训。

很可惜，这些假设并没有在内部资料中被提及，尽管它们看

---

①书写请柬者常常被要求以不同的字体完成工作。
①这是一份听上去十分有趣的工作，比如在公共汽车的车体上绘制大型广告。

上去如此明显。珀迪塔女士也不知道她的顶楼租户究竟从事什么职业（实际上，珀迪塔女士只是在每个季度初查看租客们每月的房租是否转到了她的账户上，其余事根本就懒得去管——她和她的家人并不住在贫民区，她也只是在有人要租房时才会亲自到帕拉迪兹街一七四号的房产去个一两次，张罗可能的租户们看房、迁入以及催促他们交纳入住时的一季度房租押金而已），而那帮住在同一栋楼里的穷人邻居们都各忙各的，没有谁去在意顶楼的人每天都在干什么。

"要是有人的话，"离顶楼最近的七楼租户华兹·拉姆泊先生在笔录里这样说，"也自然是一个嗑药嗑到说不出话来的家伙"。

"……因为我从来就没听到楼上有过什么明显的响动。要不是今天……这样的事，我还一直以为楼上没人住呢……"他对自己的假设做了如上补充。

甚至连告别信本身也颇令人回味：为什么单单在告别信中使用法语呢？仅仅因为它是用钢笔写的吗？一种字体对应一种语言，这也是巧合，还是伊凡特的习惯呢？

或者根本就是由不同人所写？

我承认这样的想法是源自我的职业经验——比如老吉姆和吕根曼先生的案子，比如我们的老朋友汉斯·穆斯卡林在科凯恩那个案子里的第一种假设。看上去相似的案子，却由完全不同的人来完成，这样的例子我可以举出很多。

但如果是由不同人所写，是否就表示拜访捷尔特博士的那位就一定不是剪刀手伊凡特呢？这两个判断之间不能简单地画上等号。由假设造成的偏见，在缺少线索和证据的情况下，还是暂时标上"存疑"比较好（即使此刻在"不是同一个人"这个假设上，我已经有了不少新的假设，一堆缺乏证据的假设）。

实际上，如果使用两种字体的是同一个人，这个案子看上去似乎就简单多了——和大多数中途宣布退出的连环杀手类似，伊凡特最终还是禁不起诱惑，或许是对本市警方和官僚在处理这个案子的前半段中的所作所为感到不满，他又重新拿起了剪刀，不过这次是选择和案子前半段相关的人下手：比如哥特瓦尔德·詹纳斯、拉克·克劳斯以及科萨尔·杰森这几个熟悉的名字——至少，我们现在已经知道，捷尔特·内格尔在这个名单上。

由此推断，狄尔瑟·赫拉斯的死，算是对案子后半段发生的暗示了——伊凡特可能在那时就已经知道，自己曾经信赖的医生朋友正在为警方办事，在为了逮捕自己而努力。他杀死狄尔瑟·赫拉斯很可能是为了报复——狄尔瑟女士的年龄和之前七个案子被害人的年龄范围相差很大这点，还有前半段最后两个案子的血字内容（"背叛者入天国"以及"我的医生朋友，可怜的背叛者"——后者尤其明显），让我产生了这样的联想。

而且狄尔瑟案子的血字内容也给出了两种字体来自同一人的充分暗示——"我的医生朋友"指的除了捷尔特·内格尔博士，还能是谁？除非里面还有其他的、目前并不为我所知的巧合或者阴谋。

我发动了汽车，是时候到捷尔特博士家看看了。

希望能找到有用的线索。

第三章 蜕变第一视角——我从文泽尔变成了塔芙妮？！

第一节 观察室外的守护者

Qui veut la fin veut les moyens.
（法国谚语：要达到目的，就得想一切办法。）
……

"博士依旧昏迷吗？"积格勒探长问我，他抓着自己灰白的大胡子，样子疲惫不堪。

"嗯，医生说他有轻微心律失衡——已经注射了利多卡因[①]，应该没什么大碍。"我说着，看了一眼躺在观察室中的捷尔特·内格尔博士。

"昏倒的原因，已经清楚了吗？"积格勒探长似乎松了口气，在观察室门口坐了下来。

"似乎是紧张过度，那种情况下，您知道的……"

我突然不知该怎么表述才好。积格勒探长看出了我的为难，摆了摆手，示意我不用再讲下去。他转过头，问守在观察室边的威利：

"已经向总台汇报了吗？"

"在来的路上就已经汇报了。"威利回答。

"请求支援了吗？"

---

① 利多卡因，一种常见且见效快的抗心律失衡药物。

"这个……"威利显然没想到要请求支援。

"算了，只是今晚的话，应该不会有什么危险。"

"嗯，那家伙总不至于在医院放肆的。"我有些怯怯地插了一句。

哪知这句话却引来了积格勒探长的强烈反应：

"不会在医院放肆？你倒指望这些分不清半截手指和花生壳之间区别的屠夫们在医院里会变得收敛些吗？这里比李希特街五十八号要危险得多，明白吗？"积格勒气鼓鼓地回应着我的插嘴，威利和纳夫普则在一旁偷笑，他们显然知道这样的结果。

我默不作声地低下了头，感到脸颊有些微微发烫。

该死的老板，他怎么不提醒我，这位探长竟然这么难以相处。

似乎是看出了我的窘态，我们的大胡子探长也开始觉得自己刚刚的话语有些过分了——他捻了一把自己的大胡子，用明显和缓得多的语气接着说道：

"要知道，如果不危险的话，我就不会想到请求支援了。嗯，我说，你的名字是塔芙妮对吗？"

"嗯，没错，怎么了？"我抬起头，完全不明白为什么刚刚还凶巴巴的探长竟会突然问起这个问题。

"这是个好名字……"

积格勒探长小声地略显尴尬地说出了这句话。

威利笑出了声，而纳夫普还在使劲忍着。我的脸一定很红。眼前的探长缓和气氛的方式实在不怎么样，不过，现在我收回刚才的话，这位探长似乎也不那么难相处，而且，那显眼的大胡子看起来还是挺可爱的。

晚上十点半，威利和纳夫普去买咖啡了，我和积格勒探长守在观察室外面。大概十点钟，值班医生威廉·格拉蒙又过来了一次，并确认捷尔特博士的情况已经完全稳定；这是个好消息，原本守在观察室里的两名护士也因此离开了，但我们却不能离开。积格勒探长刚刚给总局打了请求支援的电话，但结果显然不怎么乐观——局里不仅不同意向医院加派人手，还拒绝让威利和纳夫普换班。本来我是打算等博士的情况稳定下来就离开的，可现在这种情形，我也不太好意思向积格勒探长提回家的要求。算了，反正今晚的连续剧早已结束，而且我也同意老板今晚要加班的。看在百分之二十加薪的分儿上，我还是继续留在这里吧。

但现在似乎也有些太无聊了：观察室外桌上放着的那几本杂志我早就看过了，为了保持观察室附近的安静，走廊里也没有设置电视——我记得之前过来的时候，似乎在护士值班室外看到过悬挂电视（如果我没猜错，那应该是为守夜的病人家属专门准备的，而且，护士们也一定喜欢看连续剧）。

再等等，等到威利和纳夫普回来，如果依旧没什么重要的事，我就溜过去看午夜播出的脱口秀节目——这样的机会可不是每天都有的，我想。

"塔芙妮，你觉得文泽尔这个人怎么样？"

一直沉默的积格勒探长，在我胡思乱想的时候突然提出了这样一个看上去相当难以回答的问题，我的思维一下子转不过来，只好一言不发地看着他，尴尬地笑了笑。

这位可爱的大胡子探长似乎特别喜欢用突然提问的方式来令我尴尬。

"不方便回答吗？那算了……对了，有点晚了，你要不要先回去？"探长似乎也觉察出了自己的突兀，立即换了一个比较合适的问题。

"不了，你们今晚都要熬夜，多一个人守在这里，总还是要安全些，我毕竟也是一位侦探助手。"

该死，塔芙妮，你是怎么了？你不是早就想要回去的吗？现在机会就在眼前，你怎么反而这么干脆地拒绝了呢？

我在心里摇摇头，等着探长的回应；如果他执意要我回家，我也只好离开了。老板应该不会责怪我的，毕竟，明天我还要上班呢。

"这样啊，你说的也有道理。那你就留在这儿吧，如果困的话，可以去护士休息室打个盹；我刚才问过值班的护士，她们说可以借用。"积格勒探长的回答使我彻底打消了回家的念头，我早该想到会这样的。

看在百分之二十加薪的分儿上……

"对了，积格勒探长，在您看来，文泽尔又是一个怎样的人呢？"我依旧对刚刚探长提出的那个问题感到好奇，反正暂时也没什么事可做，聊天总比沉默好些。

"要我说的话，他是个固执的年轻人——请原谅我坚持着十多年前对他的印象，或许我也很固执吧。他很聪明，但至少在我看来，经常都表现得不太理智。"

积格勒探长对老板的评价也算是比较客观了。

"你呢，现在能回答这个问题了吗？"轮到探长问我了。

"我想，我的看法也应该和您差不多吧。我作为他助手的时间并不太长，但他似乎已经比十年之前理智些了。"我小心翼翼地提出自己的看法，生怕我的言语失当又会和刚才提到医院安全问题时一样，造成什么不好的后果。

"是吗？是啊，时间使人成熟。塔芙妮，我希望你能明白，这个案子并没有你们想象的那么简单。怎么说呢，从某些角度看问题会很片面,这样说你懂吗?"

我摇摇头,并不知道探长所说的"片面"具体指什么。

"算了……"积格勒探长叹了口气,"即使你能够认同我的想法,文泽尔也不会认同的。我了解他,甚至他当年选择放弃探员的工作,也是因为类似的理由。"

这样的对话似乎让空气也变得沉重起来,我们都不再说话,幸好这时威利和纳夫普回来了,我们接过热腾腾的咖啡,仿佛凝结了的气氛也迅速活络开来。积格勒探长不再搭理我,转而去和威利谈论一些局子里的事;纳夫普则显得有些疲惫,但他似乎注意到了我的无聊,将一份刚买的《国家地理》杂志递给了我:

"这个,我刚刚买的,内容很有趣。你无聊的话,可以拿去看看。"

他的话语中透着一丝害羞,这个可爱的小伙子。

我礼貌地接过那本杂志,象征性地关注了一下封面,但并不急于去翻看它——我对这类杂志实在提不起太大兴趣。

"谢谢……对了,你刚进入警局不久吗?"

"你怎么知道的?"纳夫普显得很吃惊,他显然没有留意到自己和威利在应对各种情况时表现出的新手和老鸟之间的明显差异。

"这个……我留意到你的警官证,那上面的三角形印章和他们的不同。"我当然不好直接说出上面的评价;至于警官证上的差别,在捷尔特博士家时我就留意到了,虽然我当时并不清楚警官证印章的差别有什么相关的实际含义。

"嗯,实际上,我还在实习期,刚调入总局一个月。"纳夫普略显羞怯地回答道。

"哦,那你为什么想要成为一名警察呢?"我继续提问。

"为了守护这个城市。"纳夫普的眼神在瞬间变得坚定起来;

这时，我留意到积格勒探长和威利的谈话突然停顿了一下，这个停顿似乎是因为纳夫普的回答给了他们什么触动吧。无论如何，这样的停顿只持续了不到一秒钟，探长和威利的谈话很快就继续进行了，仿佛刚刚的短暂停顿只是个小小的错觉。

纳夫普的那种坚定持续了较长时间，直到他发现自己有些失态，才又显得很不好意思地摸了摸自己的脑袋，似乎是在为自己辩解一般说道：

"嘿嘿，这句话并不是我想到的，是警校的入校宣誓语，我就是因为这句话才决定成为一名警察的。"

我们就此中断了话题。我开始翻看起那本《国家地理》杂志，探长和威利的谈话依旧继续，而纳夫普只是握着咖啡，注视着窗外无尽的黑暗……

第二节 诡 计

Ne vous cantonnez pas dans la biographie, essayez d'autres genres.

（法语：不要只满足于纪传体，不妨试试别的题材。）
……

很难相信一本杂志和几杯咖啡让我支撑到了将近两点，其间，一位好心的护士为我们带来了一只装满浓郁热咖啡的保温瓶；探长他们终于不用为了谁去买咖啡而发愁了。

捷尔特博士似乎一直都没有醒，好几次威利从观察室的窗口望进去，都只是向我们摇摇头。

希望博士能够尽早醒过来。

纳夫普显然不太能熬夜，他一手支在窗台上，似醒非醒地打着盹，好几次都险些滑倒下来；但探长每次叫他到护士休息室去休息，他就又会装出一副精神十足的模样——积格勒和威利大概也知道他的脾气，说了几次之后，就由他去了。

现在的时间是凌晨两点零六分，我终于将这本《国家地理》杂志从头到尾仔细读了一遍（甚至比我平时看《时尚》杂志还要细心），正当我打算将杂志还给纳夫普时，一个急匆匆到来的护士打破了我们的宁静——我之前在护士值班室见过这个护士，那时她似乎还在值班室的床铺上睡觉，我猜，她应该是今晚的轮班护士。

"请问,积格勒·埃佩尔先生在这里吗?"她问。

"我就是,有什么事吗?"积格勒探长从椅子上站起来——他显然也已经很困了,甚至在站起来的时候跟跄了一下。

"是这样的,一位先生刚刚给值班室打电话,说他现在正等在医院正门口的电话亭里,想要见您一面。"

"哦?他留下名字了吗?"探长看起来好像完全不知道这位深夜拜访的不速之客究竟会是谁。

"嗯,是伊凡特先生,他说他要来探访一位医生朋友。"

我们的大胡子探长此刻就差跌坐在地上了。

或许情况也没有我们想象的那么糟。片刻诧异之后,积格勒探长迅速找回了冷静。

"我马上过去。威利、纳夫普,你们守在这里,必要的话,尽快将博士转移。"

"是!"威利和纳夫普马上打起了精神。

"塔芙妮,你立即到护士值班室,向总局请求增援,快!"

护士小姐和我马上行动了起来,我们用最快的速度跑到值班室。她帮我拿起了电话话筒,而我则拨通了总局的总机号码:

"您好,这里是自由意志市警察总局,我是值班接线员玛丽安……"

"听着!玛丽安,这里是在第三医院的积格勒·埃佩尔小队。伊凡特出现了,请立即派出增援!请立即派出增援!"我从来没用这么大的声音讲过电话。电话那端沉默了大概半分钟,一个陌生的男声回答道:

"增援已经派出,请保持冷静。转告积格勒探长,不要轻举妄动……"

我挂断了电话。

我说不出自己此刻的心情,返回观察室的路似乎越走越漫长。我很担心积格勒探长会出事,也害怕捷尔特博士那里会有什么意外;如果伊凡特突然出现在我的面前,出现在观察室附近的某个角落里,我应该怎么办呢?

我毕竟是一位侦探助手,不应该表现得如此懦弱——这样想着,我掏出了我的佩枪,上膛,同时加快了脚步。

越接近博士所在的观察室,我就越感到一种诡异的气氛——长长走道的灯光也变得昏暗起来,仿佛整个医院只有我一个人。

我和胆怯搏斗着,拐过最后一个走道口,在刚刚的观察室门外不远处,我的脚步再也挪不动了,我几乎要被眼前的场景吓晕过去:

观察室的门口,纳夫普倒在地板上,左胸口插着一柄手术刀,仿佛流不尽的血液从那个刀口涌渗出来,将旁边的那本《国家地理》杂志浸得斑驳而鲜艳。

离门稍远些的地方,威利看似有些颓废地坐在椅子上,另一柄手术刀刺穿了他的脖子,将他整个固定在身后的墙上;周围流动的血迹勾勒出一些晦涩难懂的文字,将威利包围、吞噬,好像一幅立体的、会活动的恐怖电影海报,或者更直接点说,一幅象征死亡的图腾……

一股神奇的力量驱动着我的双腿,我艰难地走到观察室的门口,来到纳夫普的身边;我看到他双眼圆睁,瞳孔似乎找不到任何焦点,恍惚间,我又看到他坚定的眼神,正和此刻圆睁着的空洞双眼交织在一起——他一定不相信自己就这样死去了,换作谁也无法接受这样的现实。"为了守护这个城市",多么纯洁的愿望,却这样彻底消亡了。我的注意力回到他的左胸口,那柄手术刀正刺在他的警官证上,穿透了那个象征实习警员的三角形印章,仿佛一个特别的暗示。

博士!难道博士也……

我用尽自己残存的最后一丝冷静,打开了观察室的房门;进去的同时,我盲目地举起手枪,环顾一周之后,却没有找到任何目标。我将目光停留在博士刚刚还躺着的病床上,床上已经没人了——取而代之的是一堆看上去相当奇怪的东西。

我走近了些,眼睛逐渐适应了观察室里特有的灰暗。病床上那堆乍看上去十分奇怪的东西,现在也渐渐显露出清晰的轮廓来——那是一件医生常穿的白大褂。不用说,我知道,上面那些格外突出的深灰色部分一定是血迹,那些是威利和纳夫普……或许还有博士的血。我慢慢走到床边,用手枪将那件又湿又重的、满是血污的衣服挑落在地板上——那些果然是血!病床上也湿了一小块。一股窒息感涌了上来,我的大脑仿佛都快裂开了。那件衣服下面压着一张纸,一张极普通的A4复印纸,上面拼凑着我们再熟悉不过的那句话:

"IT is time To Die."

一些尚未凝固的血液挂在这张八十克的复印纸上,它因此显得格外刺眼,以及……格外沉重,我都快要拿不动这张纸了。不!不是我拿不动这张纸,是有人从身后将我的口鼻捂住了——那是一条有着医院味道的湿手帕,一种奇怪的味道侵略了我的鼻腔,我的大脑……紧握着的佩枪滑落了,那张滴血的复印纸也离开了我的手,从越来越浑浊的视野中缓缓飘落,直至消失不见……

我的身体很重,又很轻,就像被埋葬在沼泽和流沙中一般,动弹不得。我十分努力地想要转过身,但很快就发现,这在平常显得如此简单的动作，此刻就仿若从一个极端恐怖而且真实的梦境中跳出一般困难。我绝望了，同时感到自己的意识正在迅速模糊、崩溃，深灰色的血迹仿佛充斥了整个空间，又仿佛这个观察室就是全部空间……我感觉自己的身体正在前倾，直至倒在那张满是血污的床上。

我没能来得及抱怨些什么，因为我已经什么都不知道了……

第三节 更多的诡计

C'est un médecin,et non des moindres.
C'est midi sonné.
（法语：这是个很了不起的医生。已经太迟了。）
……

积格勒·埃佩尔探长很快来到第三医院的正门口。在医院大厅里，他甚至撞倒了一位深夜看急诊的病人。

立即有几个医院保安过来，想要截住他。他推开他们，出示了自己的警官证，并示意他们跟上来。他们一起来到这间电话亭——它几乎就在医院的正门口，停车场入口偏左的位置，旁边孤零零地立着一只老旧的红色邮筒，旁边的（也是附近唯一的）一盏还算明亮的路灯将大部分光线聚焦于此。在这个深夜，漆黑而安静，忽而出现几个奔跑着的人，带着各式各样的表情，来到灯光的聚焦下，颇有些舞台剧的味道。

但这并不是鼓掌的时候；电话亭里的主角，一位戴着帽子的青年——帽子下或许是长长的、卷曲的金发。他背对着这群紧张的、一步步靠近的闯入者，似乎并不知道正在发生以及即将发生的事。我们的探长，应邀而来的积格勒·埃佩尔先生，已经来到电话亭的门前。灰白的大胡子下，手握着枪，枪口对准即将打开的那扇门。

他打开了那扇门。

"手抱头,警察!"探长的喊声将凌晨的安静一举击碎。

话筒从青年的手上滑落,连着弹簧状的电话线,摇摆碰撞出奇特的韵律——一张从惊讶到愤怒,又从愤怒到恐惧的脸,彻底暴露在路灯的光线下,急速变换的表情在灯光的聚焦下,显得十分滑稽可笑。

青年顺从地将双手反抱在头上,甚至不需要额外说明,就立即蹲了下来。

探长用力将青年的帽子扯下。青年留着褐色的短发,并不卷曲。

探长将话筒拿起,话筒里的声音急促而慌张:

"贝尔!你怎么不说话了,你被打劫了吗?"

这是个中年妇女的声音。

探长将话筒甩到一旁,稍许愣了片刻,便向着医院正门的方向飞奔起来;他赶得这样急,甚至他的警官证掉到了邮筒边,也来不及去捡。

一个保安捡起了他的警官证,呆呆地站立在路灯于地面上投射出的光圈中央,另外两个保安莫名其妙地跟着他跑了起来。

那个青年依旧手抱着头,老实地蹲在那里,不敢发出一点声音。

凌晨的安静,在这个角落里再度浓稠起来,只有话筒里不断响起的女人尖叫,还在撕扯着夜的脆弱神经……

这时,一辆排障拖车缓缓开过电话亭,驶入了医院停车场。

嘈杂的警笛声也开始渐渐逼近……

……

十月八日凌晨两点二十分,观察室门外。

"积格勒探长，我是特警队的埃斯特，对此我深表遗憾……"

埃斯特环视了一眼四周，几个取证员正在纳夫普和威利的尸体附近忙活着，不断闪烁的闪光灯搅得人心情格外烦躁。

"我们的人已经在医院里展开搜查，各个出口都已经布置好。最多才十分钟，他一定跑不了。"

一直沉默的积格勒探长突然紧逼过来，用力抓住了埃斯特的衣领：

"十分钟？十分钟已经可以做很多事了！你以为我们的对手是个鲁莽的初犯吗？你看看，"他将埃斯特拽到纳夫普的身边，"你看看这个小伙子，他加入警队才刚刚一个月。看看他对他做了些什么，你就能想象这浑蛋有多么冷血，这该死的……"

积格勒放开了埃斯特，有些颓唐地坐在椅子上。

"多么可笑的陷阱，我应该多想想的。他手上有人质……博士，还有可怜的塔芙妮，我根本不应该让她留在这里。"

一个特警队队员跑到埃斯特旁边，将一样东西递到他手里，那是积格勒的警官证。

埃斯特坐到积格勒旁边，将警官证放在他手里。

"这并不是你的错，换作谁也会去那个电话亭的。"

他尝试着安慰我们的老探长，但积格勒并没有做出什么反应，他只是沉默着。

"我说，我们现在最好想想怎么抓住这个家伙，悲伤是没有任何用的。"

"快检查一下威利的裤兜，他那里有我们警车的钥匙。"

埃斯特的安慰被积格勒突如其来的一句话打断了；在这样的时候，我们的大胡子探长当然是不需要别人特别安慰的，看来埃斯特是多此一举了。

"奥朗德，马上检查一下死者的裤兜，看看那里是否有警用车钥匙。"埃斯特站了起来，大声对正在威利尸体旁取证的那个警员下达指令。

奥朗德看过之后，摇了摇头。

埃斯特还没来得及说什么，积格勒已经离开了椅子，向着楼梯间方向，转身跑开了。

埃斯特知道，他正赶往停车场；他喊了正守在观察室门口的两个特警队员的名字，命令他们立即跟上。

积格勒清楚地记得，他们的车停在左手边，第三排大概倒数二三的位置，离急诊通道相当近。第三医院的停车场，过夜车的数量并不多，伊凡特如果运气好的话，很快就能够找到那辆显眼的警车；况且，开着警车离开现场，虽然在平常状态下比较醒目，但在已经明确知道这里很快就会被警车包围的情况下（他早就预料到，积格勒在收到他的消息之后会立即要求增援的），反而更容易混淆警方的视线——真是个狡猾的家伙！

这样想着，积格勒已经来到了他们刚刚的停车位，警车果然已经不在那儿了。两个随行的特警刚刚赶到，积格勒喘着气，对他们喊道：

"马上让你们的头儿通知各个交通单位，失踪警车的车牌号是 FZ-P3091……重复一遍，车牌号是 FZ-P3091！"

可怜的两个人，又得再跑上一阵子了。他们竟然忘记使用随身的通话器，积格勒想提醒他们，但他们已经跑远了。

积格勒摇摇头，头部一阵昏眩，便跌坐在停车场的水泥路面上——他觉得自己万分疲惫。过度紧张的神经一旦松弛下来，似乎就再也没办法复原。他终于能够切身体会到，捷尔特博士为什么会在那时昏倒了。

正当他想要倒下,好好睡上一会儿时,救护车的笛声却不合时宜地响了起来。他勉强睁开眼,看见几个护士和医生正快速推着一辆担架车,从急诊通道出来,向着救护车笛声的方向跑去。其中一个护士还看了他一眼,继而大声对领头的医生说着些什么。

"可惜,担架上躺着的不会是纳夫普或者威利,该死……"

积格勒探长这样想着——这样的想法用尽了他最后的气力,他倒了下去,重重地砸在硬冷的水泥地上。

他最后听到许多鞋跟敲击硬水泥地面的声音,由远而近地向这边传来……

第四节 独特的再次拜访

"Ni les hommes ni les animaux n'échappent à la mort."
（法国谚语：人和动物都不能避免死亡。）

……

"嘿，你一定是托吕，维戈在里面打盹吗？这天可真够冷的。"

我向正站在门外抽烟的大个子警员伸出手，他赶紧将烟蒂丢在地上，颇有些不解地将手腾出来，和我象征性地握了握。

"嗯，我正是托吕·帕斯卡，请问您是……"他瞟了一眼我胸前的警官证。

"十一局的内尔，总局通知我临时过来换班的，你们没有收到通知吗？"我说着，就势打开捷尔特博士家的门。

托吕有些机警地拦住了我：

"我们并没有收到什么通知，或许等我们先确认一下。"

"确认吗？好的……"我装作很有些生气的模样，"换作谁也不会愿意在这么晚的时候赶过来换班！总局只在通话里说，积格勒·埃佩尔探长，还有那个什么威利和纳夫普去了第三医院，你们是临时抽调，怕你们熬太晚，让我三点钟过来接班……别的我就什么都不知道了。如果你们不愿意回去的话，我还真是再高兴不过呢！"

我说着，甩开托吕的手，小声嘀咕着，看上去似乎马上就将头也不回地走回到李希特街的人行道上，并且永远都不会再次出现似的。

托吕再次拦下了我，用有些抱歉的口气说道：

"对不起，兄弟。"

他对着里屋喊了一声"维戈"，一个小个子警员从窗口那儿探了探脑袋；过了一会儿，这个看上去困得不行的家伙就站在了托吕的身后。

"……那个，内尔，谢谢你过来换班了。"吕托说，"也没什么事需要交代的——除了不要让一个开红色SLK200的家伙溜进来之外，守在这儿就行了。客厅的桌上有咖啡，是维戈刚刚泡的。"

维戈冲我笑了笑，我对他点点头。

"开那车的是什么家伙，嫌疑犯吗？我的佩枪很长时间都没上膛了。"我装出一副很为难的样子。

"没事，探长说，是一个讨厌的小报记者，应该没什么危险。"

我差点儿笑出声来。

实际上，此刻如果继续加派警员埋伏在主人不在的这间别墅里，未尝不是一个引伊凡特上钩的好办法。如果本市警方办任何案子时都能多点持之以恒的精神，相信每个季度的破案率也会大大提高的。

托吕和维戈并没有问我，我将"我的警车"停在了哪里——这点也令我很失望；没有哪个刚刚收到通话的、凌晨三点的换班警员会步行来到某个任务地点吧……虽然我早就编好了理由，但却并没有机会用上。就算是伊凡特拿着内尔的警官证过来，他们想必也会和他换班的。

好了，现在不是抱怨的时候。

我关掉客厅的灯，走进了博士的书房。

放满各种书籍的、一直连接到天花板的书架墙，一张老旧的书桌隐没在书架的边缘——和我印象中的医生书房不大一样，这里的空间并不怎么宽敞——天花板的吊顶设计和灯具的安排，以及角落里随意堆放的、似乎该是医学资料的一摞摞泛黄、卷边、褪色的复印纸，在夜间的光线下堆砌出拥挤、压抑以及许多诸如此类的令人不适的感觉。

我坐在博士的书桌前，桌上一角放着他和亡妻的合影——那应该是在魔羯湖的湖畔拍摄的，因为背景里看得到第三医院住院部的一部分楼房以及远处自由商贸中心的高楼。另一角放着一盏常见的折叠书桌灯，灯下是一些杂乱的、书桌上经常会出现的小物什：打孔机、圆珠笔、半满的墨水瓶等。稍靠近桌子正中的地方放着一本帕斯卡的《思想录》，我打开书桌灯，翻开这本书。

书不是法文版的。

某页里夹着一张简易的空白纸书签，上面写着：

有些罪恶是只由于别人的缘故才盘踞在我们身上；而抽掉了树干，它们就会像树枝一样脱落下来。

翻过来，还有另外一句话：

两副相像的面孔，其中单独的每一副都不会使人发笑，但摆在一起却由于他们的相似而使人发笑。

这大概是博士做的阅读摘抄吧——我留意到博士的字迹,那些字很潦草,但并不至于无法辨析,这该算是优秀医师们普遍具有的良好习惯之一。

书摘中"罪恶"和"相似"的字眼引起了我的注意(虽然这些句子被抄写在这里很可能仅是出于偶然),我因此仔细地"浏览"了一遍这本书(当然,"浏览"并不针对内容,而仅是对书本身)。书里很干净,没有任何笔迹和折痕。但这本书应该已经被读过好几遍了,因为书本身并不新,合上以后就和所有的旧书一样略显松散——这些可能并不说明什么,我将书签夹回原来的位置,将书放回了原位。

桌上还散放着几张写了一些内容的纸,但那些内容却不太使人提得起兴趣来——比如"胰岛素增敏剂机制"以及"拮抗过氧化物酶体增殖活化 γ 受体(Peroxisome Proliferation Activating Receptor-γ)分析方法",等等,这些可能和博士从事的某些医学课题有关。

我开始留意抽屉:左侧的第一个小抽屉上了锁,右边的一个大抽屉也有锁,但并没有锁上。我打开了大抽屉,检查一番后,失望地发现,这些依旧是各种各样的医学资料,唯一例外的是有一本收藏各种书摘的小册子——博士细心制作了以书名和作者为索引分类的目录,并将书摘依次排列、整理并粘贴到相应的页码上——比如翻到《古典自由主义和自由至上主义》的这一页,书摘就只有下面的一条:

第四编,奥地利学派,存在一个准黑格尔式的国家概念。

这样的一小张书签被用胶水固定在本页的上端,如同我们经常用的那种边缘有黏性的便条函一般。页面上写着大概是博士对这本书的评价和相应的日期，比如这页的：一九九七年四月十日，主义、学派争论的引用和整理。

整个小册子里也没有太多令人感兴趣的内容。并且我遗憾地发现，刚刚在《思想录》里发现的书签中的文字，很可能也不会有多少引申的意思；制作书摘，只是捷尔特博士的一种习惯。

暂时将注意力移至左侧的第二个抽屉——这个抽屉没有锁，不过，里面似乎依旧没有什么值得一提的东西：一些关于医学的小工具书，以及一支笔尖坏了的钢笔。此外，抽屉的一个角落里还有一沓用橡皮筋捆起来的证件似的卡片。

我将这沓卡片拿出来，打开。

这些都是捷尔特博士已经过期的医师证，我数了数，一共五张，其中：第三医院的急诊科医师、急诊科主任医师证件各两张；圣玛丽第二教会医院的外科主任医师证件一张。

第三医院的医师证件明显比教会医院的制作精良——尽管它们先于后者数年就已经作废。我们看看，比如这张正面印有"捷尔特·内格尔博士，自由意志市第三医院急诊科医师"的医师证，淡蓝色的底纸上印有白色的、第三医院特有的十字加鸽子状院标作为水印，名字下面有证件的编号（这张是EDA199102110017——字母E应该是代表急诊室，DA大概是表示职务等级，之后的数字19910211可能是证件颁发的时间，而最后的0017似乎是编号）；反面用漂亮的字体印上第三医院急诊室守则，左下角是院人事处负责人的签名（于是，从这张证件上我们可以知道，一九九一年本市第三医院负责人事工作的是韦斯·费特博士），以及内容为"本证件已无效／一九九二年九月十四日"字样的证件作废专用印戳。

我们已经知道捷尔特博士在一九九四年秋季升任科室主任，但这里却有两张他作为急诊科医师的证件；另一张证件号为EDA199209140042的医师证上多了一张博士的照片，这可能就是证件更换的唯一原因。

然后，作为急诊科主任医师的两张，按照时间排序，前一张的证件号为EDC199409260008，作废时间是一九九六年五月十三日，后一张证件号为EDC199605130004，作废时间为一九九八年十一月三十日；从制作技术上比较，后者的照片直接印在了证件上，反面加上了条形码。

看来，第三医院大概将医师证的升级换代也作为了员工福利的一部分。

同样地，从这样的小地方也能够看出第二教会医院财政的窘迫状况——单色印刷，手写的证件编号，硕大且单调的"无效"二字印在纸片反面。我将纸片从塑料护套中抽出来，立即就感觉到纸质的单薄。由这样的对比，我联想到捷尔特博士更换工作的原因——狄尔瑟·赫拉斯女士曾是第三医院的护士（根据内部网的资料，狄尔瑟女士于一九九五年升任护士长，辞职前曾为第三医院护士长总监的候选人之一），一九九二年和捷尔特博士结婚后，于一九九七年秋舍弃了本有着光明前途的职业生涯，一心成为丈夫的生活助理。二〇〇一年末，狄尔瑟女士被伊凡特残忍杀害之后，作为伊凡特案侦破过程的参与者以及直接导致这起凶杀发生的最有可能的诱因，捷尔特博士必定对亡妻带着万分歉疚的心情——由此推断，他再也不能承受每日依旧在曾与她相识并坠入爱河的第三医院里工作了。博士草草更换了工作，来到各项条件都比原来差了不少的第二教会医院，那里离第三医院和他的住所都相当远，是否为了刻意逃避回忆，我们不得而知。

我摇摇头，将这沓医师证用橡皮筋重新捆好，放回原位，并关上了这个抽屉。

我很希望在这间书房里找到一些捷尔特博士在参与伊凡特案时写的笔记或者感想之类，以补充我得到的内部网资料某些方面的欠缺（比如去年六月二十五日博士会议发言时的草稿），如果博士有坚持写日记的习惯，我说，这只是"如果"，我刚刚已经大致检查过一遍书架，并没有发现成排的已经写满的旧日记本。"显然有很多人不愿将自己已完成的一本本日记放在显眼的地方"——我用这样的想法安慰自己，因为我确信博士不会不在自己的家里留下一点和伊凡特案子相关的东西，除非他已经将它们统统销毁。他在这个案子上花费了不少精力，必定会留下一些什么，而其中的某些部分可能会是有用但却没被人注意到的线索。

哈，文泽尔，这样的论调，你竟然变成了一个机会主义者！

对于这样的自省，我解嘲般地笑了笑。对于一个侦探而言，无论抱以怎样的逻辑和施以怎样的方法，破案永远都是最关键的。我想到，如果博士不愿意我们翻阅他的旧日记，倒不妨去卧室找找看，兴许可以发现他每天正在写的某些东西：倘若我们每天或者隔几天就要写上两笔，我们总应该将它放在自己最容易拿到的地方，并且是在我们比较空闲的时候……

于是，我在卧室的床头柜里还真找到了一些东西，几张写了不少内容的便函纸；这些纸被压在很多无关的杂物下面，看上去似乎并不被人重视（或者说，被故意遗忘）。

虽然没有找到日记，但上面的内容却并不会令人感到太过失望。

第一张纸上写着如下内容：

梦游的精神状态，梦游与梦

伊凡特案

二月二十三日、三月十三日、五月二日、六月十七日、七月三日

分析重现，录音及现场照片暗示，疲劳，时间概念错乱

长时记忆受损？

巧合？

第二张纸上写着：

作为巧合显然的矛盾：

1.伊凡特的真实存在，（艾莎，珀迪塔女士，我？）顶楼，真实的现场

2.[被严重涂抹的痕迹]

巧合中的巧合

从动机不可能考虑

从暗示和潜意识考虑

第三张和之后几张纸上尽是一些病理学、心理学及大脑研究文章中关于梦游症、长时记忆受损案例及相关治疗方法的简单摘要，以及很多曾在会议报告中出现过的、关于伊凡特案的各种分析和假设。其中的一些内容，可以肯定是在第一、二张纸之前写就的（或者是之后的摘抄——这样的可能性并不大），因为其在内部资料中对应的出现时间显然在七月三日之前，在珀迪塔女士登场之前。

第一张纸上写的五个日期，分别对应苏珊、玛丽、阿尔萨

斯、莱塞济和巴斯德的案子——但却缺少一月十九日辛蒂的案子以及三月二日艾莉斯的案子：这很容易让人想到某种"区分开来的界限"，这五个案子和其余的两个案子之间有什么区别呢？随后的几个词可能在尝试给出一些对此区别的相关分析——我不太能理解"分析重现"以及"时间概念错乱"所指何事，这些词或许是在说明案件中一些并不为人所知的心理因素（由"暗示"这个词展开的联想），而之后的两个问号应该是结论中的、具有选择性质的假设：或者是"长时记忆受损"，或者是"巧合"。现在的问题是得到这两个供选择结论的前提是什么？博士是从怎样的已知线索中推导出了这样的结论？

值得注意的还有第二张纸上两处被严重涂抹的内容——之所以称它们为"被严重涂抹"，是因为这种涂抹确实很细心，细心到看不出哪怕一点有关原文的线索——涂抹者应该使用了和书写原文时类似甚至相同的圆珠笔（这是当然，在床头写东西却使用墨水笔显然是不太明智的），开始的涂抹顺着原始字母的笔画，然后扰乱原始字母的笔画，继而在字母与字母、单词与单词的空隙之间填充一些杂乱的线条和多余的、无意义的字母组合，或者毫无关系的单词甚至短句。就这样反复模糊原始句子的边缘，直到整整一行都变成一幅抽象派的复杂线条画为止。

我很想知道这样耐心的涂抹究竟是想要掩饰些什么——为什么不简单地丢掉这张纸呢？根据笔迹，我知道这些东西的书写者是捷尔特博士（相反，涂抹者则不一定是），从内容来看，似乎是打算说明伊凡特案和梦游症以及长时记忆受损有关——联想一下，可能是博士做出了错误的假设，因此需要将一部分内容涂抹掉，以便修改和补充；但如果是将整行涂抹到完全不被人看见的程度，这样的理由显然有些说不过去——就目前的线索来看，即使是因为之前所提到的歉疚感，博士也并没有太多已知的理由将它们这样涂抹掉；而如果其他人是涂抹者，又无法解释为何不将这张纸丢弃。

这又是一个难以解释的疑点。

但我相信这样细致的涂抹会让涂抹者不得不用一只手的几个指甲压住这张纸，让它不至于过分滑动——因此我将这第二张纸小心对折，夹在了我随身的小本里，回侦探社之后，我会让塔芙妮对它做一个指纹分析。既然我们已经有了捷尔特博士的指纹样本，如果能够发现一些有趣的新指纹，相信会对这件案子有些帮助。

接下来的搜索令人沮丧——其余的几个房间一无所获，除了生活中程序化的物品这样那样地套用之外，就再也找不到任何比较特别的东西了。一些很好的隐藏秘密的地点，比方靠近墙角的沙发背面，放满换洗衣物的抽屉里角，抽水马桶的水箱里……我并没有很仔细地检查这些地方，也没有坐下考虑所有可能的情况，因为我也不知道自己到底期望能够找到些什么。在检查完那高高的衣柜顶上布满灰尘的狭小空间之后，窗外依稀传来了清晨的鸟叫声，我看了看表，已经五点半了。

我知道，在真正的换班警员到来之前，我能够逗留在此的时间已经不多了。

这使我再次想到那个书桌左侧的第一个上锁的小抽屉。

我回到书房，在书桌上找到一个回形针，花了几分钟时间，打开了这个抽屉。

在打开抽屉的前几十秒钟里，我听到有车停在别墅门口的声音——不止一辆车，至少三辆。车灯的光线从客厅的窗户照进来，造成一种太阳提早两小时升起的错觉。

我知道那些一定是警局的车——除了他们还会是谁？有那么一瞬间，我想要放下手里的活儿，从书房窗户跳出去，越过后院的木栅栏，然后沿着那条狭窄阴暗的后巷悄悄溜走——那时，我还有些时间。

但我却选择利用这少许时间将内尔的警官证用一张无用的复印纸草草包住，塞进书架背面的缝隙里。之所以用复印纸包住，是可以防止电筒光线扫过缝隙时带来的、特别引人注意的塑料表面反光。我并不想因为这张警官证而让本就无辜的汉迪克也卷入这场事件里，而且，我也答应他会在周末之前将这张外借的证件还给他的。如果他们问起，我会说我一早就将"伪造的警官证"剪碎后冲进了厕所里——尽管我现在已经没有时间这样做了。

然后，应该是有人正从大门进来——他们已经到了门厅，我才终于将抽屉打开。

抽屉里面有一些杂乱叠放的纸，至少我看到的那张纸上写着不少内容；另外，还有一张相纸材质、显得很有年代感的合影——或者还有其他一些什么，但我已经没有时间去细细检查了。依稀听到书房外嘈杂的脚步声和警用通话机特有的"哔哔"信号声，我利用最后的这点时间，将那张照片夹进我的皮鞋里（根据今年夏天的经验，我必须防止这可能十分有用的线索在搜身中被警方发现，从而再次造成很多不必要的麻烦），合上抽屉，又立即拿起一摞手边散放的材料，做出一副正在全神贯注地查找什么重要线索的模样来。

"警察！保持你原来的位置，不许动！"

我知道此时已经有几把枪指着我了，但我还是将视线移向了他们——进来的几位中，有我们认识的塔希博格·汤姆逊（他现在已经调至总局工作），见到我稍显吃惊。

我则对他略显无奈地笑了笑，同时，对领头的一位探长说道：

"这显然是误会——我受捷尔特·内格尔博士所托，在这里调查某个不便透露的案子的线索。如果你们对此有疑问，可以直接联络我的当事人，他现在应该还在第三医院里。"我站起身来——夹在鞋中的照片让我有些不舒服。

"留着到局里再说吧，我们刚从那里过来。"

那位黑人探长示意其余人收起了枪，走过来，取出手铐放在我的眼前。

"行了，文泽尔，我们的著名侦探。假冒警务人员、私闯民宅，警方现在正式拘捕你，如果你的律师不会因为你的冒失话语而感到头疼的话，你可以不保持沉默。"

这样的情形已经不是第一次了，我配合地拿过手铐，但并没有马上将自己铐起来。

"在那之前，"我询问眼前的这位探长，"能否让我先跟我的助手通个电话，有些必要的事需要她来解决——我是指，在我被拘留的情况下。"

这并不是什么过分的要求，我想，眼前这位还算和气的先生一定会同意的。

哪知他却摇了摇头，取回已经在我手中的那副手铐，不由分说地将我铐了起来。

"这恐怕做不到，塔芙妮小姐……数小时前在第三医院被绑架了。"

"什么？这究竟是怎么回事？"

我全然忘记了自己手上的手铐——如果形容此刻的我是一个歇斯底里症患者，实在是再贴切不过——我拽住了这位黑人探长的衣领，丝毫不顾他刚才话语中明显的歉疚语气。塔希博格和其他几个警员过来拉开我,合力将我按回椅子上。

我当然知道这起绑架事件的主谋就是伊凡特·冯·托德,我的脑海中立即浮现出那些惨死的年轻女性的尸体——想到塔芙妮竟可能会变成其中的一具,我的心情无论如何也平静不下来。

探长他们没有再说什么,他们沉默着,给我时间去调整一下自己的心情。塔希博格递给我一杯水,我接过水,但并没有喝。我试着深呼吸,几次之后,我的混乱状况稍微好了些,现在,我迫切地想要知道些更具体的情况。

"谢谢,我已经好些了,卡尔探长,能说得具体些吗?"

我抬起头,那位黑人探长正看着我——书房明亮的顶灯刚才就已经打开了,但我现在才将注意力放在他的警官证上:卡尔·诺纳探长。我可以肯定,这个名字也曾在好几个报载重大案件的"对案件破获有着杰出贡献者"的名单中出现过——和积格勒探长一样,这位素未谋面的卡尔先生也是本市警界的名人之一。

"积格勒探长现在还躺在医院里,由于劳累过度……威利和纳夫普殉职了,捷尔特博士也被绑架了。"

卡尔探长留意着我的表情,用很合适的停顿说出了这段句句都切中要点,并且句句都使人震惊的话来。

"更具体些的情况,如果你想听,我会在车上告诉你。你最好也担心一下自己,你这次的麻烦显然也不小。"

探长示意我跟他出去——我站起身来,同时发现我刚刚手制的那个小巧的回形针工具遗落在书桌边一个相当显眼的位置。塔希博格现在所坐的位置,如果站起身来,会很容易看到这个闪闪发亮的小东西。

我立即跟跄了一下,就像很多突然遇到令人震惊的事的人们在站起时经常表现出来的糟糕状况一样——卡尔探长和其他几个人马上过来扶住我,我则就势将那枚回形针踩到了书桌下的阴影里。

"抱歉,我没事的,卡尔探长,我们走吧。"我对我们的黑人探长笑笑,试图用语言分散他敏锐的注意力。

"那就好。嗯,我会设法安排一个单间给你的,你最好也睡上一觉。"探长看了看我,有些担心地说。

我在一帮警员的夹送下离开了捷尔特博士的书房。

经过门厅的时候,我在靠近鞋柜的一个小桌上又看到了一张第二教会医院的医师证,上面的名字当然是捷尔特·内格尔,我甚至能够读出那排手写的编号:S2H H02061709——我停下了脚步,对身后的塔希博格大声说道:

"塔希博格,帮我看看这张医师证,"我向他用眼神示意了一下那张医师证的位置,"反面是否也盖上了'无效'的印戳。"

我们可爱的塔希博格条件反射般地拿起了这张证件,几乎是脱口而出道:"没有!"

卡尔探长回过头来,狠狠地瞪了塔希博格一眼。

塔希博格赶紧将医师证放回原位,有些恼怒地从背后轻推了我一下。

"抱歉,朋友。"我转过身对他说。

塔希博格无奈地笑了笑,拍了拍我的肩膀。

这时东方的天开始蒙蒙亮了。

我们离开了李希特街五十八号。

第四章 转 机

第一节 塔芙妮的证词

Tout conspire à la réussite de ce projet.
Vous avez de la constance de l'attendre si longtemps!
（法语：一切都促使这个计划成功。您竟然有耐心等他如此之久！）
……
"老板真的没什么事吗？"
"没事，我们的人现在正在问他话，你不用担心的。"
"他知道我没事了吗？"
"我刚刚已经派人跟他说了。"
"那就好。"
十月八日上午七点五十分，笔录室里。
塔芙妮裹着厚厚的毯子，两手紧握着一杯冒着热气的咖啡——她刚刚才松了口气，突然眼泪就落了下来：
"可惜我救不了博士，我真没用。"她抽泣着。
"这不是你的错。"
卡尔·诺纳，我们刚刚认识的黑人探长——他拍了拍塔芙妮的肩膀，从旁边的桌上拿过一张面巾纸递给她。
"谢谢。"塔芙妮擦着泪水，卡尔又递给她几张面巾纸——她调整着自己的情绪，喝了一口咖啡。"我已经好点了。"

"那么，我们能开始做笔录了吗？"

"笔录完成后，我能见见老板吗？"

"当然可以，做完笔录，我带你过去见他。"

"嗯，那我们开始吧。"塔芙妮将咖啡杯放到桌上。

卡尔探长示意旁边坐着的一位女警员，准备开始记录。

……

"如我刚刚所说，我在医院被人迷倒了。"塔芙妮喝了一小口咖啡，"醒来的时候，发现眼睛被蒙上了，嘴也被人用布堵上……"

"很抱歉，我必须再问一次，你留意到当时的那个人了吗？有什么值得注意的地方？"

"我不知道……你知道的，那样的现场……"塔芙妮说着，用手捂住了自己的嘴，身体也不自觉地颤抖起来——她的眼泪又快下来了，她想起了纳夫普和威利。

"好了，我们暂时不谈这些了。"卡尔稍停顿了一下，等到我们的塔芙妮显得平静些了，他才接着问，"你被蒙住了双眼，但是否能感觉到所在处的一些独特的环境特征呢？比如，你是否听到些什么奇怪的声音，或者，有没有什么独特的气味？"

"声音……博士就在我的身边，他的嘴也被堵上了——他似乎想要说些什么，但却发不出声来，我只能听到'呜呜'的含糊声音，那一定是嘴被堵住又想说话时发出的声音。"塔芙妮说着，呼吸急促起来。

"嗯，博士和你被捆在一起吗？我是指，背对背捆住？"卡尔探长用双手做了个"背对背"的手势。

"那倒没有，但应该就在很近的位置。"

"从声音判断的吗？"

"嗯。"塔芙妮点头,她想了想,又接着说道,"还有,那个地方有一股奇怪的味道,好像是消毒水味,也有些福尔马林味,特别令人难受。"

卡尔探长点点头,接着问道:

"除了博士的声音呢?有没有一些其他的声音——那种能够提示周围环境的声音?"

"有!隐约会听到细细的水流声,是那种水在水管中流动的声音。至于别的声音,我就没有注意了。我当时感觉我们被关在地下室里。"

探长向记录员示意了一下——作为"这是一个重点"的提醒。

"为什么呢?仅仅因为水流的声音吗?"

"不是。除此之外,还有种湿冷的感觉——不大容易说得清楚,但那就让人感到是在地下室里。"

"好的。那么,你能确定当时除了你和博士之外,没有其他人了吗?"

"我不知道,我没有特别留意。"塔芙妮低下头,显得有些歉疚。

"没事的。嗯,之后呢?那家伙什么时候来的?"

"我不知道,我感觉自己在黑暗中待了好久。直到那时候,我也不知道过了多久——突然,就有了很近的脚步声……"塔芙妮脸上露出些许害怕的神色。

"……他的脚步声很沉重,一边走着,一边还笑出了声。那是一种很奇怪的笑声——阴森森的,让人一听就知道不是一个正常人在笑。"塔芙妮顿了顿,接着说道,"……他应该是在这时扯下了博士嘴里的布——因为这时博士说话了,博士的声音显得恐惧万分——他说:'伊凡特,你为什么偏要找到我?我已经这样

了,你还要怎么样?你这个疯子,疯子!'

"……博士的喊叫持续了很长时间,我惊恐万分地听着,什么都做不了。我听着,直到他的声音渐渐变低变细,最后完全消失,连一点喘气声都听不到了。然后,伊凡特突然说话了,他的声音阴沉又沙哑,还带着一种相当怪异的语调——他说道:'我的医生朋友,你想不到吧,想不到吧……'

"我当时几乎都要吓晕过去,堵住嘴又说不出什么话来,我只好尽力地发出'呜呜'的声音,可是谁也没有理我。"

"……那之后,博士就没有再说什么,可能伊凡特——那个恶魔,他肯定又将博士的嘴堵上了。我听到几声剪刀空剪的声音,然后是很刺耳的、骨头断掉的声音……"

塔芙妮再次沉默,这次的沉默持续了相当长一段时间,大概三分钟,或者更长一些。然后,塔芙妮看了看眼前的咖啡杯——咖啡显然已经有些凉了,卡尔探长转身吩咐另一个警员,让他再倒一杯过来。

一杯新的咖啡很快端了上来,塔芙妮接过,趁热喝了一口,说了一声:"谢谢。"

然后,她看了一眼眼前的探长,小声说:

"抱歉,我想,之后的内容我恐怕难以进行下去了。"

"嗯,我完全能理解,"卡尔体谅地说,"用提问的方式或许可以好一些——如果实在不行的话,我们可以改天。"他看着塔芙妮。

"您继续提问吧。"塔芙妮又喝了一口咖啡,勉强努力保持平静。

"好的。嗯,我们跳过这部分内容。之后,伊凡特有没有对你说些什么?"

"没有。起初,他似乎在那里自言自语,后来连自言自语的声音都消失了。有那么一段时间,我拼命挣扎,但周围就好像没有人一样,谁也不理睬我。等到我累了,整个人开始有点眩晕的时候——我不知道我是真的晕倒了,还是他又用了什么东西把我迷倒,反正,我一下子就又什么都不知道了。当我醒来时,我就躺在警局的医务室里了。"

"你是否记得他自言自语的内容?"

"他的语调很怪,吐词也不清晰;我只能分辨其中的一部分句子,我印象深刻的是,他说'现在你高兴了'和'现在终于解脱了',重复了很多次。"

"你清醒的那段时间,"探长问,"据你的估计,大概有多长时间呢?"

"我不知道——您知道的,估计的时间总是不太准确。但是,我想应该不会少于两个小时。我醒来后等待的时间,和我后来挣扎的时间,在我当时的感觉来看,几乎有几十年那么漫长。"

"还有什么需要补充的吗?"卡尔探长向记录员点了点头,最后问塔芙妮。

塔芙妮想了一下。

"目前没有了,嗯,探长,"塔芙妮显得稍稍犹豫了一下,问道,"我现在可以去看看老板吗?"

"当然,我带你过去。"我们的黑人探长向塔芙妮伸出了手,"不过,可能需要等一会儿——无论如何,谢谢你接受我们的笔录。"

塔芙妮有些不好意思地和卡尔握过手,起身,放下毯子的时候突然问道:

"咦,我的风衣哪儿去了?"

卡尔探长这时已站在门外,他似乎是没听见塔芙妮的问话,就又探进身来对塔芙妮说:

"对不起,你刚刚问什么,我没听见……"

"嗯,我想知道我的风衣到哪儿去了,米色的Replay长风衣,我昨晚一直都穿着的。"

塔芙妮又显得不好意思起来。

"哦,那件风衣送去做指纹取证了。很可惜,大概不会还给你了——让你的老板赔你一件吧。"探长打趣地说。

塔芙妮的脸这下真的红了。

她赶紧跟在卡尔后面,离开了笔录室。

第二节 轻松的谈判

Qui ne dit mot consent.
（法国谚语：沉默即同意。）
……

"那么，这次，我们自大的侦探，你打算用什么理由来打开你的手铐呢？"

理查德·哈本，自由意志市警察总局重案特别调查处处长——这是我今年第二次和这个机构的这位领导打交道：夏天的时候，我花费了将近一周的时间才争取到和眼前这位外表和蔼的先生见上一面的机会；而现在，他却特地选择提早上班来单独审讯（如果用这个词合适的话）我——看来，我这次是受到优待了。

我笑笑，并不回答他的问题。

理查德·哈本处长，他走到我的身后，用几乎是咬牙切齿的语调在我耳边小声说道：

"你这个该死的、早就该判死刑的浑蛋侦探。现在可不是夏天了。假冒警务人员、私闯民宅、伪造警用证件……如果你愿意，我还可以给你加上盗窃罪。"他坐回自己的座位上，整整自己的衣领，用眼角的余光看着我，皮笑肉不笑地说：

"哈，果然起早床就是有收获。上次的案子你可给我们找了不少麻烦呢！看看，麻烦终于也找上你了——要我说，做侦探最好就得收敛点。你说呢，文泽尔先生？"

他用眯成一条线的眼睛盯着我看，我却依旧不搭理他，兀自看着房顶的吊灯沿——就好像这个房间里除了我就没有其他人存在一样。

胖胖的理查德处长终于显得有些恼怒了，他猛地站起身，将桌上的一满杯冷水狠狠地泼到我的脸上。

"够了吧！你这愚蠢的东西！！我不会让你好过的——让我难堪的人都遭到报应了，你毫无疑问就是下一个。你这倒霉蛋，谁让你正好碰了伊凡特的案子。告诉你，不是吓唬你，你这次死定了！"

这段难得的、听上去特别短促有力的话语让他有些上气不接下气。可惜，他看我还是没有什么反应，只好气喘吁吁地坐下——我一如既往的不气不恼显然让他倍感奇怪。

"你这疯子。"他不再理我，拿过一个纸杯，从旁边的饮水机里倒了一杯水，大口喝了起来。

就在他倒第二杯的时候，我终于开口了：

"比如狄尔瑟·赫拉斯小姐真实的死亡原因。"

他猛地咳嗽了一声——可怜的理查德，他应该是被水呛到了——大口喘气的时候最好不要大口喝水。

"你说什么？"他瞪着我。

"我在回答你最开始的问题。"我从容地答道——他诧异的表情早就在我预料之中。

"比如哥特瓦尔德·詹纳斯先生的杰出贡献，比如人民公墓里的一座空坟，比如拉克副局长和科萨尔副局长在本案上的精彩决定，比如……"

"够了,够了!"我那还远未说完的排比句被强行打断了——眼前这位处长大人此刻的生动表情,恰如一个当场被捕的初犯。"你从哪里知道这些东西的?"

"重要的是我会不会将这些东西说出去——噢,或许不仅仅是'说出去'这么简单。你知道,倒霉的侦探总有一些渠道,能够拿到不少让记者们特别感兴趣的东西。"我看着他,故意用手背抹了抹脸上的水珠。

理查德看到我的样子,稍稍犹豫了一下,就赶紧从衣兜里掏出一块手帕,十分小心地帮我将那些水珠擦干净(我早说过,我这次是受到优待了)。

"我的老朋友,这些你也不早点儿说。否则……"我终于能够再次听到我们可怜处长那久违了的谦卑语气——就和今年夏天时的一样。

"就这样而已吗?"我打断了他的话,"作为本市公民,我是否能够保有一点追求平等的权利呢?"我用眼神示意了一下旁边的那台饮水机。

又是短时间的犹豫。本市警察总局重案特别调查处的理查德·哈本处长,终于还是默默地从饮水机里接了一满杯冷水,狠狠地往自己脸上泼去。

我在心里笑了笑:"好了,理查德,快用你的手帕擦擦吧。是时候谈谈条件了。"

我看了一眼此刻的理查德处长,那副表情和一只在阳台上放久了的蔫西红柿没什么两样。

我们出来的时候,塔芙妮和卡尔探长已经等在外面了。

"老板,你没事吧?咦,这不是理查德处长吗?嗯,你们的头发上，脸上，怎么看起来湿漉漉的？"

"没事，房间里的暖气开得有点大。"我笑着回答，看了一眼身旁的理查德，故意将手铐弄出很大的声响。

"哈里！"我们机敏的处长立刻对此有所反应，"马上将这位先生的手铐打开！"

"理查德先生，他可是……"

这句还没说完就被打断的话自然是几个小时前逮捕我的卡尔探长说的。

"是什么？这位文泽尔先生，是捷尔特博士特别授权的侦探——这点已经经过我们确证了！"

理查德说这话的时候，守在审讯间门口的警员哈里已经老实而迅速地将我手上的手铐打开了，我小声对哈里说了声"谢谢"，开始活动起我已经有些酸痛的肩膀来。

"但您之前不是说……"

卡尔探长依旧对他上司的决定感到困惑和不满。

"行了，卡尔。"探长的话立即就被再次打断，"还有一件事要通知你——从现在开始，局里正式授权文泽尔侦探和你共同负责这个案子。等会儿就会有人将相关文件送到你的手上。"

卡尔现在一句话也说不出来了。塔芙妮对我笑了笑，说：

"理查德先生人还是那么善解人意。"

这句赞扬的话显然是说给我们的处长先生听的——可惜，塔芙妮的话还没说到一半，理查德就逃也似的离开了我们的视野——他应该是害怕我又提出些什么新的要求，这不怪他。

"嗯，他一向这样的。卡尔，很高兴与你合作。"

我向卡尔探长伸出手，他愣了愣，有些勉强地和我握了握。

"我想，这个案子你肯定已经知道不少了。否则……"探长向理查德离开的方向望了一眼,"这次你也不会这么幸运。"

  我们聪明的探长当然已经明白这是怎么一回事了,我对他笑笑:

  "我们该去看看积格勒探长了,谢谢你为我准备的单人间。"

第三节 重 逢

A la réflexion, il n'a peut-etre pas tort.
（法语：仔细想想，他或许并没有错。）
……

"你的保证永远都是最靠不住的，文泽尔。"

我们的大胡子探长躺在病床上，无可奈何地对我笑笑。

"幸而你向托吕和维戈描述过我的外貌，否则，我这次就没办法同警方达成合作了。"

"他们根本就不该让你进去的！"积格勒从病床上坐起来，"那群没用的瞌睡虫，他们的忘性简直比他们的烟瘾还大。"

"也不能全怪他们，"卡尔探长这时插了一句嘴，"这位有名的侦探还特地伪造了警官证。"

"啧，该不会又是你那位喜欢捣鼓网络的朋友的杰作吧？"

积格勒显然对这点饶有兴致。他见我没回答，便摸了摸自己灰白的胡子。

"这家伙就总有那么些手段，"他对卡尔说道，并向我努努嘴，"否则也不会去做什么私家侦探。"

"好了，积格勒。"为了避免我的旧搭档将话题转到对多年前那个案子的回顾上，我必须得开口了：

"是时候谈谈这个案子了。"我看了一眼卡尔——他显然也支持我的建议，并马上对此做出了回应。

"嗯，文泽尔，听你刚刚在车上所说，你仅仅知道关于这个案子前半部分的资料，没错吧？"

"没错，不过我依旧对资料的来源保密。积格勒，你不觉得伊凡特在开着警车离开医院这件事有些奇怪吗？"

"有什么奇怪的？威利的车钥匙不在他的裤兜里，我们的车也不在停车场——还有什么需要额外说明的吗？"积格勒来不及对我们强制性地拉回话题表示抗议了，我们的话题顺利地回到了关于案子的讨论上来。

"那么，"我转头问卡尔，"直到现在为止，有没有任何一个交通单位向你们报告说他们已经找到那辆车牌号为FZ-P3091的警车了呢？"

"没有，直到现在也没有任何消息。"卡尔耸耸肩膀。

"好的。将近八小时也找不到一辆特征明显的警车，这还不算是一件相当奇怪的事吗？想想看：一辆警车，失窃十分钟内通知各交通单位，并且还知道车牌号……卡尔探长，一般以此种条件限制的劫车事件，破案率会是多少呢？"

"几乎是百分之百，而且基本上都在两小时以内。"卡尔的回答迅速而有力。

"哼，"我们固执的老探长捻了捻胡子，"总有意外情况，说不定他给我们的车换了车牌……"

积格勒的声音明显有些底气不足——他也知道弄到一套警用车牌（即使是伪造的）有多麻烦。

"就算是，换上前后两张车牌也需要不少时间——除非他事先就到停车场做好这些事。而且，你们的车停得离急诊通道很近，换车牌时很可能会遇到担架车从通道进出的情况——那样肯定必须冒不小的风险，伊凡特一定不会那么笨的。文泽尔，你说是吗？"

卡尔探长看着我，我却没有做出什么反应——探长的话给了我一个不小的提示，我现在已经能够从那些我已经得到的错综复杂的线索中整理出一个粗糙的假设了。

一个惊人的假设！

"如果不是他开走我们的警车，我们的车到哪里去了呢？这么明显的事……"积格勒见我不作声，便依旧坚持着他的观点。

我却必须强行打断这个话题了：

"卡尔，你能帮我一个忙吗？"

"什么？"我们的黑人探长显然对我此刻强行中断话题的行为表示不解。

"那辆FZ-P3091的警车，现在可能已经回到局里了，你最好打电话询问一下总局停车场的管理人员，应该很快就会有答案的。"

"怎么可能？到目前为止都没有收到哪个交通单位的报告呢！"卡尔的脸上写满了怀疑。

"那就顺便查查局里排障拖车昨晚的调动记录，明白我的意思了吗？"

卡尔马上就明白了我的想法——没做什么多余的表示，他便以最快的速度离开了病房。

"确实是一个不错的办法——他预先打探到了我们小队的消息，只要知道排障部门的电话号码，就可以很轻松地将我们的车弄走……我们都被这狡猾的狐狸骗了。"积格勒显然也知道我的想法了——他赞许地点点头，稍顿了顿，又接着问道：

"可你是怎么想到的呢？"

"很简单。"我回答道,"你想想看,如果我是伊凡特——我的手上有两个被迷昏的人质,怎样才可能在十分钟的时间里带着他们来到停车场,并且开着警车离开呢?"

"十分困难。"积格勒点点头赞同。

"如果没有帮手的话……"我接着说,"基本上不可能——一个三十岁左右、看上去比较憔悴的青年,怎么可能一次带着两个昏迷的成年人从观察室来到停车场呢?医院里也有不少值班人员,医生、护士和警卫——他们看到一个带着两个昏迷病人的、有着卷曲而茂密金发的怪人十分费力地走过,就一点都不感到奇怪吗?"

"一次带走一个人也肯定不可能,那样就没有足够的时间了……如果有帮手呢?"积格勒继续问。

"那就要看卡尔带来的消息了——不过,我能够这样肯定,是因为我有一个更好的理由,"我笑着说,"比'存在一个帮手'更好的理由。"

我给积格勒倒了一杯水,他接过去,喝了一小口——积格勒的大胡子使他不能够大口喝水,否则就会沾得到处都是。

"对了,塔芙妮怎么没一起来?"积格勒又喝了一小口,"我必须向她道歉,我该让她先回去的——幸好没出什么事。"

积格勒将水杯放在床头柜上,叹了口气。

"哦,我让她去查一些东西了。她没事,只是受了些惊吓。等到这个案子结束了,我会带她来这儿看你的。"我拍了拍积格勒的肩膀。

哪知我的旧搭档对此并不领情,他生气地对我说:

"等案子结束?你以为我真病了吗?"他故意离开病床,挺直了身体站了起来,"我今天就可以出院了——只是熬了几天夜,有些累了而已！我的身体可好得很，没必要在病房里浪费太多时间！"

这时，卡尔回来了，他推开门，看到积格勒的模样，先是吃了一惊，然后又笑了起来。

积格勒可真是生气了，他用手指着我们，大声说道：

"你们这些年轻人！我可还是这个案子的负责人，我现在就叫医生过来，我要出院！"

我并没有理会积格勒的怒气，而是将目光移向了卡尔。

他对我点了点头——这自然是证明，我之前的推断是正确的了。

"积格勒，你倒一定要叫一名医生过来了。"我转过头，对气鼓鼓地站在那儿的积格勒说道。

"什么？"我的旧搭档对我此刻的认真态度表示不解——他当然明白自己刚刚所说的只是气话。事实上，就算是叫医生过来他也不能马上出院，这点谁都清楚。

"我要说明我那'更好些的理由'了，"我向积格勒解释道，"如果你在出院之前有兴趣听听的话。"

第四节 医师证的秘密

Nous trouvons drôle qu'il ait oublié de nous prévenir.

（法语：我们感到奇怪的是，他竟忘了通知我们。）

……

如我所愿，一位名叫阿丽塔·伊文泰德的女医生站在了我们面前。

"需要我帮什么忙吗？"阿丽塔看了一眼积格勒的病床牌，又看了一眼这位大胡子病人和他的两位探视者，她显然不认为我们有什么叫医生的特别理由。

"是这样的，"我接过了阿丽塔的问话，"关于一个案子，我们想向您询问几个简单的问题。"

"如果您愿意的话。"卡尔则向她出示了警官证。

"乐意效劳，"她对我们和善地笑笑，"那么，我的警官先生们，你们想知道些什么呢？"

"首先，关于您的医师证，阿丽塔·伊文泰德女士，我想知道的是，您上次更换医师证是在什么时候？"

阿丽塔女士对我直接提到她的名字感到吃惊。不过，等我说到"医师证"，她就知道我是从哪里知道的了——她看了一眼自己的医师证，想了一下，笑着答道：

"如果您眼力足够好的话，这个问题我可以不必回答了。"

我凑近了些，看了看阿丽塔的医师证编号：HDB200103190033。

代表日期的那部分数字让我很失望，看来我的假设出现了错误。

卡尔也看到了那些数字，他虽然不太明白我打听医师证更换日期的用意，但总还是能读出那个日期的（那对于一个眼力还算不错的人而言实在是太简单了）：

"二〇〇一年三月十九日？文泽尔，这个似乎就是颁发医师证的时间。"卡尔对我说——他一定以为我看不清那些数字，便特地读给我听。

"那是个好日子。"我对卡尔点点头，有些自嘲般地回答道。

哪里知道，我的这个回答却让阿丽塔女士笑了起来：

"那确实是个好日子，警官先生——那天我升职了。"

我的天！文泽尔，你怎么没有考虑到这点呢？

我赶紧更换了我的问题：

"那么，上次贵院统一更换医师证的时间呢，是不是一九九八年十一月三十日？"

从阿丽塔女士脸上惊讶的表情来看，我知道我又对了。

"你怎么知道的？这可是上个世纪的事了。"她看着我们，似乎思考了片刻，然后微笑着问我们，"嗯，我猜，你们肯定早就查证过了，现在只是想确证一下，不是吗？"

积格勒和卡尔的表情给了她显而易见的否定答案。她只好看向我。

"你说得一点没错。"我笑着说，"很抱歉之前没有说明，我们确实是打算对此进行确证的。"我向我的两位临时搭档使了使眼色——他们知道我的意思，便附和着点了点头。

"你应该早说的,"阿丽塔女士不再吃惊了,她又看了一眼胸前的医师证,"不过,这张证件也快要作废了,年底就会换新的。听先来几年的同事说,之前基本上都是两年一换,这次却过了整整四年。"

"似乎这次的技术改良更保值些。"我说。

"或许吧,"阿丽塔取下了自己的医师证,拿在手上端详了一番,"不过,这张倒也确实没有什么大毛病——其实换不换都无所谓,换反而麻烦些。新的证件制造技术对医生来说纯属多余,在这方面投入倒还不如增加我们的加班费来得实在。"

这样自言自语一番之后,她将证件放进外衣口袋里:

"嗯,那么,确证这点之后,还有什么别的问题吗?"她似乎对自己说了些多余的话感到有些不好意思。

"还有一个问题,你认识艾莎·西蒙森女士吗?"

"我认识很多艾莎——但我知道你说的一定是急诊室的那个。我不认识她,但我知道这个名字,艾莎·西蒙森,她上个礼拜出了车祸,当场就死了。真是可怜,真不知道她晚上为什么突然想到要出门……"

我看了一眼积格勒,他的脸沉沉地低下去。

卡尔的脸上也很不好看。

谁都知道是怎么一回事儿了。

"医院的事情就是这样,哪里也都差不多的——平时或许默默无闻的人,突然死去反而能够让他们立即成名。不过,如果换了我,我倒也不想出这样的名。你说呢,警官先生?"

我笑着点点头:

"正是如此。"

然后做出了一个"请您离开"的手势。

"我们没有什么问题了,谢谢您的帮助。"

阿丽塔似乎还准备说一些其他事,看我们并没有打算听下去的意思,也就只好离开了——她似乎对自己没有将那些多余的话说完而感到有些不好意思。

真是位有趣的女士——但真正有趣的当然不止如此。

阿丽塔女士合上病室的门后,我拍了拍卡尔的肩膀:

"那么,卡尔,是不是该给我讲讲新故事了?——艾莎·西蒙森,这是五次车祸中的第几次呢?上个礼拜的车祸……那肯定就是第五次了,没错吧?"我的语气中带着不少的嘲讽,即使我知道这样不太礼貌——我承认,对此我永远都做不到心平气和。

说这话的时候,我的眼睛并没盯着卡尔,而是看着积格勒——我了解他,我打赌他一定不会对这段话保持缄默的。

我们的大胡子探长脸上的表情急剧变换着,羞愧的、恼怒的、埋怨的神情……一一涌上又一一退却。这时,他看我的时候,早换作一脸的无奈和怅然了:

"好了,文泽尔。不用卡尔说了,他知道的没有我清楚。"

卡尔和积格勒对视了一眼,他们的脸上同时挂上了无可奈何的苦笑。

第五节 不幸的消息

Elle s'est effondrée en apprenant la nouvelle. C'était obligé !

（法语：她听到消息立刻晕倒了。这是注定了的！）

……

接下来的半个多小时里，积格勒详细地按照时间顺序向我讲述了这个案子后半段的情况。卡尔补充了一些遗漏的细节——后半段的案子，在具体行动上由积格勒的重案二组和卡尔的三组负责，指挥和隐瞒工作（一个如此正式而又可笑的词）自然是通过多次高层会议来分配、下达及完成。

好了，现在我们能确定这张独特的"车祸名单"了：

哥特瓦尔德·詹纳斯

科萨尔·杰森

奥克塔维厄斯·内文

珀迪塔·莫洛尼

艾莎·西蒙森

事实上，也有不能被算作车祸名单的——比方我们已经死去的科萨尔副局长，按照应该被市民接受的现实来看，他此刻依旧在宫殿群岛①度假,或许下周才会低调公布他在比方肯迪科卢岛溺水身亡的虚假消息——"隐瞒工作小组"一定在这个行动上下了不少功夫。

"那个家伙可在挑选上下足了功夫。"这句话是卡尔的补充。

卡尔这样说自然是有根据的——我们看看,从哥特瓦尔德到科萨尔,从党派负责人到警察总局副局长,他们均处在这个案子的官僚层面。在这样两个案子发生之后,警方的注意力自然也会重点放在官僚层面上。

"拉克那家伙,自科萨尔出事后就躲到苏黎世去了——不到结案,他应该是不会回来的。"积格勒这样说。

理查德坚守工作并不表示他比拉克勇敢些——他是死撑面子,目前有一个六人小队负责他的安全。而且,他竟然搬到警局的办公室住了!这样倒可以解释今早他为什么能够那么早就过来审讯我——来自伊凡特的死亡威胁倒提高了他的办事效率。

当警方忙着保护官僚层面的相关人物时——也就是科萨尔副局长遇害后的第三天,奥克塔维厄斯·内文的尸体被他的某位女友发现。这位专写尖锐评论文章的职业撰稿人,因为在多家报刊上发表大肆嘲讽贬低伊凡特的文字而付出了生命的代价。

"裤裆里还裹着尿布的,懦弱、蹩脚又神经质的男裁缝"——我还记得他的一篇结构杂乱的文章中对伊凡特有过这样的评价——这句在伊凡特被捕(或者说"形式上被捕")的次日见诸报端的话语后来被多家媒体转载,并逐步成为本市媒体普遍认同的、对伊凡特其人的一种低劣定性。

从官僚层面跳跃到媒体层面,警方的头痛程度上升了几个数

---

①即马尔代夫群岛,也被称作"花环群岛"。

量级——这是显而易见的。在媒体上"得罪"过伊凡特的记者、评论员和愤怒民众数以千计,如果依旧按照之前在官僚层面上的处理方式来运作,保护和保密工作的难度当然会遽增:尤其在记者群体中,任何一步处理不慎,都会导致不可估量的严重后果。

警方终于在这个层面上采取了消极态度——在这起"车祸事件"上,除了用金钱堵住知情者的嘴(这点积格勒和卡尔自然不会明说)之外,没有采取任何额外的措施(甚至对于菲利普·盖蒙和瓦格斯塔夫·平克,这两位在发表针对伊凡特的"恶毒评论"上和奥克塔维厄斯齐名的评论员也一样)。

"我们只是将耳朵竖得高高的。在有风吹草动之前,我们什么都做不了——'大胆的举动'和'真相大白'是那段时间的高层会议上最忌讳的两个词。"在这点上,积格勒中肯地说。

不过,警方的消极或许还是正确的——伊凡特并没有再对媒体层面下手。

"他或许希望我们在和记者和评论员打交道的时候弄得焦头烂额,他却站在另一个山头上偷笑。"积格勒说。

二〇〇二年九月二十八日,一位名叫康康·普鲁斯特的胖男人来到警局报案,称他的夫人在二十六日外出收租之后就再也没有回来过。局里起先将这个案子作为绑架案处理,几个年轻警员被派到帕拉迪兹街一百七十四号B栋调查那些租户。他们一层层地向上询问,最后意外地在那个有名的、现在已经无人居住的顶楼房间里发现了珀迪塔女士的尸体。

"别提了,那家伙将那个胖女人挂在吊扇上,又用麻袋给她做了个罩子——整个人都被罩得严严实实,就只有两只已经发胀发紫的手露在外面。她的十指都被剪断了,但却没有被那家伙带走收藏。他将它们在地板上整齐地摆成一个漂亮的十字架,下面垫着那张你我都很熟悉的死亡通知,而使用两只粗大拇指做成的十字架尖端正指着房间的大门。"积格勒详细地描述着当时的现场。

"鬼知道那里面有什么宗教意味。"卡尔补充道,"反正,那些被剪掉指头的断口,你知道——配合着那样的一个房间,那种气氛会让你分不清那究竟是现实,还是清晨时分迷迷糊糊正做着的噩梦。"

"如果我没猜错,珀迪塔女士应该是按照失踪处理的。"

积格勒和卡尔都没作声,应该是默认了。

"很奇怪这件事没有引起任何人怀疑——没有一家租户问到顶楼抬走的尸体是谁的吗?警车也没招来记者吗?要知道,这么有名的地方……"我接着问。

"迫不得已,"卡尔讪讪地说,"理查德处长翻出了一个逃犯的案子——大家都认为我们在那个地方击毙了一个名叫昆廷的大个子逃犯。"

我倒记起来了,上个月底的几张报纸上确实有过这样的报道——只不过在地点上、报纸上不约而同地用了'某栋居民楼顶楼'来代替。

"这不过是说明康康还没有奥克塔维厄斯的某个女友容易摆平……科萨尔的家人难道态度都不怎么强硬吗?在我的印象里,似乎那位副局长在处事手腕上相当强硬呢。"我又提问了。

"实际上他的情况却是最好处理的,"积格勒说,"科萨尔很多年前就离了婚,前妻和一个儿子都搬回了梅尔市的娘家。而他自己也没什么亲戚。"

"嗯嗯,否则就不会让他去宫殿群岛了。那哥特瓦尔德呢?他怎么也被区区车祸轻易收拾掉了——詹纳斯家族在本市多少都还有些名气。"

其实这个问题的答案我基本上清楚，只不过想通过积格勒确认一下。

"你知道的，流氓政客的仇家可比黑社会小混混还多。单是恢复死刑这件事上，就已经得罪了不知多少人。"积格勒叹了口气，"詹纳斯家只希望哥特瓦尔德的死不是一个和女人和金钱有关的丑闻就行了。毕竟这位死者并不是他们的家族政客中爬得最高的一个。"

我点点头："案件在上周又转向了捷尔特博士之前的助手，这应该是你们完全没有料到的吧？"

"所以我说他在挑选上下足了功夫，"卡尔无奈地说，"但这个案子倒真有些奇怪。"

"哦？在手法上不同吗？"我问。

"确实，后半段的前四个案子让我们毫不怀疑伊凡特已经回来了——虽然和之前的案子在手法上不尽相同，但只会更加残忍，而且那些纸片上的秘密……"

卡尔看了我一眼——我知道，他指的是那份写有"IT is time To Die"的死亡通知。

"那些仅在前半段现场留下的磁带中给出的提示，如果是一般的'拷贝猫'的话，是没有可能知道的……"

"如果是'不一般的拷贝猫'呢？"我打断了卡尔的话。

"你是指知道内情的人中有人是后半段案子的凶手？"

"不可能！"积格勒有些生气地说，"也就是说我和卡尔，重案二组和三组的全部组员，理查德处长这些高层人士以及捷尔特博士都是嫌疑人。你能给出一个合理的动机吗？"

见我不说话，卡尔也开始了他的分析：

"根据昨晚的实际情况，积格勒的嫌疑首先会被排除；我和二组、三组全部组员的嫌疑也能够根据充足的不在场证明而排除；警方高层和官僚政客方面，虽然我不能肯定他们全部拥有相关的不在场证明，但在动机方面，他们作为嫌疑人显然是站不住脚的——尤其是官僚政客方面，他们基本都不知道那些现场磁带中的内容。因此，他们的嫌疑也是可以排除的。"

他又想了想，接着说道：

"捷尔特博士方面——你也知道，在前半段他作为警方的心理顾问参与这个案子，他的妻子被伊凡特残忍杀害——你可能会就这点宣称博士的心理已经变态，并且……我知道我要说的这第五个案子的奇怪之处对你的假设有所帮助——艾莎只是被凶手用剪刀刺穿了心脏，现场并不残忍。你可能会说那是因为艾莎曾经是他的助手……威利和纳夫普的案子，凶手使用了手术刀可能也让你产生怀疑：捷尔特博士的职业就是第二教会医院的外科主任，他用手术刀杀人自然是轻而易举……文泽尔，可这些都是你的假设，但别忘了，一个茶色瞳孔有着卷曲浓密金发的伊凡特·冯·托德确实存在，而且，他并没有躺在人民公墓里刻着他名字的那块墓碑下，他依旧逍遥法外！"

积格勒向有些激动的卡尔摆摆手，让他稍微冷静一下。

"卡尔，文泽尔只是列出了一个假设，他说的并没有错。"然后，他又转过头来对我说，"我也认为捷尔特博士不会是后半段的凶手，这个假设存在很多漏洞。"

我点点头，笑着对积格勒说：

"那并不是我的假设，我的假设是，捷尔特博士可能是整个案件的凶手！"

听到我这句话，差不多五秒钟内，积格勒和卡尔同时张大了嘴，说不出一句话来——我的这个假设有些太大胆，让他们都不知道该说些什么了。

"这更加不可能！"卡尔首先回过神来，"你这样说，等于是他杀死了自己的妻子。一个优秀而成功的医生在三年之内杀死了十二个人，他最开始的动机呢？你的证据又是什么？"

"没有什么证据的话，"积格勒也说，"这样的假设确实是很荒谬的。文泽尔，这样的事最好不要乱开玩笑。博士此刻是生是死都还不知道；而且，根据塔芙妮的证词，他很可能已经被真正的伊凡特杀害了。"

"我只是提到一种可能，"我说，"我已经有了一些证据，而且，我还有一些很不错的假设可以贯穿这些证据。"我看了一眼卡尔。"虽然所有这些也并不能确证什么，即使我自己，到现在也不能相信我的假设就是全部事实。但倘若我坚持捷尔特博士在这个案子上没有一点嫌疑，我反而会被更多的矛盾和不可能搅得头痛不已。"

卡尔探长听了我的话，不再激动。

"好的好的，文泽尔，说说你掌握的证据吧。我得说，你的这个假设确实很难让人冷静。你说呢，积格勒探长。"

积格勒点点头，表示赞同。

"我现在倒很想听听你刚才说到的，你那'更好些的理由'。我已经给你叫了医生——你别以为我已经忘了。"他笑着对我说。

但这时塔芙妮却进来了，我的助手向积格勒和卡尔问了声好，将手上的一份报告递给我。

"那张纸已经分析过了，除了博士的指纹之外，没有什么新的指纹——至于那些被严重涂抹的地方，我们没有那么先进的仪器。"她看了一眼卡尔探长，"不过，我猜警局里一定有。"

"这就是你昨晚从捷尔特博士家找到的证据吗?"卡尔问我。

"证据之一。"我将这张装在证物袋中的纸从报告中抽出来,递给卡尔,"如果你能帮我将这些呈交给总局证物科看看,那些或许会是有力的证据。"

"我会帮你呈交到证物科的。"卡尔大略地看了看纸上的内容,"或者博士认为这个案子里面存在着不少巧合?"

"他甚至怀疑伊凡特的真实性。"我回答道。

"好了,不要打哑谜了,文泽尔,你的假设也藏得够久了。"

说这话的是积格勒。不过,看来我是没有机会讲什么了——一位警员急匆匆地闯进病房,对卡尔说了一句话。

这位警员原本是打算小声地对卡尔讲这句话的,但他实在是有些太慌张了,声音也因此无法减弱——就这样,我们四个人都听见了他讲的内容:

"找到捷尔特博士的尸体了。"

不用多说什么,塔芙妮惊呼一声之后就晕倒了——我赶紧扶起她。积格勒狠命地捶了捶手边的立柜,那可怜的小柜子几乎都要在沉闷的敲击声中散架了。卡尔没说什么,看了我一眼,将我给他的那份证物递给眼前的警员。

"将这份东西呈交证物科,和本案有关,让他们尽快处理。"

警员离开了病房。

我们再次请来了阿丽塔医生。我将塔芙妮交给她,便和卡尔一道离开了第三医院。

积格勒则将自己的病床一并让给了塔芙妮。

这个老好人连病号服都不换,就和我们一起上了警车。

第五章 重 生

第一节 停尸房的发现

Cela me fait drôle.

(法语：这使我感到很怪。)

……

十月八日下午三点十五分，总局停尸房，经过漫长的验尸等待后——

"死亡时间呢？"卡尔问道。

"大概是本日清晨六点钟前后，误差不超过五分钟。"年轻的验尸官回答。

"新鲜的尸体都这样。"积格勒补充道。他看了看一旁放着的尸体衣物，接着说：

"这些肯定是捷尔特博士的。"他拿起那件衬衣，"左手袖口上的扣子大概是他自己缝的，针脚和其他的都不一样。"

卡尔过去看了看那个袖口。

"十字针——你什么时候观察到这个的？"他问积格勒。

"昨天晚上。不过，还有些更好的证据证明这具尸体是否真是博士本人。"

我们那仍穿着病号服的大胡子探长走近那具手自肘处、脚自膝盖处被截断，基本上只剩下躯干的无头尸体，将他的右手臂撑开，仔细地检查他的手臂内侧。

"这里确实有一个伤痕。"他指给我们看——尸体的右手臂内侧有一个十分明显的三角形疤痕,"戴维斯,这个伤痕的造成时间,你们查过了吗?"

"查过,大概是去年七月到八月间,属锐物刺伤,有缝针。"法医戴维斯回答。

"应该没错了,"积格勒说,"去年七月四日,博士在局里被一个企图逃跑的小混混儿刺伤了。卡尔,你也知道这事的,对吗?"

卡尔点点头,一边检查尸体证物一边说道:

"只是听说,我当时并不在局里。"

"当时我和詹森带他去的医院。"积格勒接着说,"我给他简单包扎过,很清楚这个伤口的位置。而且,我十分确定,昨天晚上我也看到过这个伤疤。"

"什么时候看见的呢?"我问。

"博士洗完澡,在客厅擦头发的时候——他当时只裹了浴巾,如果威利还活着的话,应该可以做个证人。"积格勒有些伤感地说。

"我们实际上根本不需要证人,"卡尔打断了积格勒的话,他的手里拿着一样东西,我们朝他的手看去——我一眼就发现,那是对我的假设十分重要的、一张第三医院的医师证。

"想想看,我们的同行怎么可能如此迅速根据针脚和伤痕的位置去判断一具意外出现在第二教会医院花坛角落的无头尸体的真实身份呢?"卡尔的话略带些许嘲讽的语气,"他们当然不行,也完全没有必要那样做。这张医师证上清楚地写着'捷尔特·内格尔'的名字。"

"不过,卡尔,你不觉得事情有些奇怪吗?"积格勒将尸体的右手臂放回原位，"这并不是伊凡特惯用的手法。"

"噢，我知道你的意思。"我们的黑人探长耸了耸肩膀，"根据探员们应有的常识——'凡无头无手足的尸体务必慎重确认'，我可不知道这是不是什么侦探守则上的原话。"卡尔看了我一眼，"伊凡特确实没这样做过，但请回忆一下珀迪塔女士的那堆手指——他现在这样做也没什么了不起的。"

"噢，我倒不觉得缺少头部和手足是太大的疑点。"我说，"或许是因为分开抛尸，其他部分暂时还没有找到；或许伊凡特现在开始喜欢大件收藏，也或许这根本就不是捷尔特博士的尸体。"

"你还在想着你的那个假设吗？"卡尔摇摇头，走到积格勒的身边，接着说道，"这可不是在写侦探小说。"

我们的黑人探长又将尸体的右手臂抬起来看了看，转头问戴维斯：

"反正，DNA鉴定总可以告诉我们准确的结果，即使凶手只留下一根头发——我说得对吗，法医戴维斯先生？"

这样正式的称呼明显让这位年轻的验尸官感到有些尴尬。

"实际上，头发不属于标准检体，如果没有发根的话，一根是绝对不行的，两到三根带有发根的头发用来做比照鉴定的话，应该就没什么问题。"戴维斯十分认真地否定了卡尔那纯粹是以强调为目的的夸张说法（我猜，我们的黑人探长此刻肯定会觉得哭笑不得），"不过，DNA鉴定的结果倒也证明，这具尸体确实就是捷尔特·内格尔博士的。根据第二教会医院提供的血液存样分析记录比照，这个结果应该是无须怀疑的。"

我向戴维斯和卡尔点点头，转过头来问积格勒：

"博士昨天送到第三医院时，检查过他的随身物品了吗？"

积格勒摇摇头说：

"当时的情况你是知道的；而且，他的身份是被保护者，并不是嫌疑人。"

我又回过头来问戴维斯：

"你说博士的血液存样分析记录是第二教会医院提供的，是否本市的所有医院都会对在籍的医护人员建立DNA档案呢？"

"根据卫生局和总工会的要求，"戴维斯答道，"自一九九九年六月起，全市所有在医疗机构任职的人员都必须建立相关的DNA档案，不过，具体执行方面却有很多困难。至少我知道的，妇幼医院和第一精神疗养院直到现在都还没有任何建立档案的打算；不过，第一医院应该是已经建立了的——我有几个大学同学在那里当外科医生。至于其他医院的情况，我就不大清楚了。不过，正如你所看到的，第二教会医院是存在的，尽管他们的经济状况不怎么好。"

"这些和你在医师证上的猜想有关系吗，文泽尔？"卡尔将那张医师证递给我。

我接过这张显然和刚刚在病房里看过的、医师阿丽塔所持有的第三医院现行医师证几乎一模一样的证件——证件号是EDC199811300007；而且，这张证件的反面和我昨晚看到的那一沓证件不同，并没有标上任何和"作废"有关的印记，这自然和它所使用的材质有关——非要说它是一张制作精良的标准信用卡也毫不过分，只不过，任何人也别指望用它从中央银行的自动提款机里取出钞票。

"或多或少，"我回答道，"你们也看过阿丽塔的医师证的——卡尔，除了名字、职务、证件编号以及其本身的新旧差别之外，你说说看，这张证件和阿丽塔的那张还有什么区别？"我晃了晃手中的这件证物。

"没有任何区别。你是说,犯人利用这张医师证冒充值班医生?"

"我想不到其他的可能,"我回答道,"昨晚我在博士家翻到了一大沓作废的证件,按照时间上来推断,唯独缺少了这张。"

"戴维斯,医师证上的指纹呢?"积格勒突然有些气冲冲地问我们年轻的法医——眼前的大胡子探长此刻的表情,就仿佛找到了整个案件的关键线索一般。

"这个,证物科那边的报告或许已经出来了。我去查查看,请你们稍等一下。"

"顺便问一下上午那张纸的结果,他们知道的。"卡尔赶在他出门前对他说。

"如果可能的话,"在戴维斯的一只脚已经踏出停尸房时,我赶过去拉住了他的衣袖,"帮我打个电话给第三医院,问问他们是否也建立了DNA档案。"我提出了要求。

"没问题。"这位年轻的法医笑着说。

我放开了他的衣袖,他的整个身体终于跨出了停尸房的粗大门框,在一瞬间就摆脱了全部死亡的气息。

停尸房的两扇冷白色推门这才重重地合上。

它们企图将死亡典藏起来,即使这房间里仍有三个生者在。

或许死亡是不必拘此小节的。

第二节 惊人的照片

Il aura fort à faire pour nous convaincre.
（法语：他可别想那么容易就说服我们。）
……

"即使我们此刻并没有这东西的指纹报告，"卡尔将博士的医师证放回到原来的位置，"也不妨碍我们继续刚刚的话题——犯人冒充值班医生的话，倒确实很容易将两个昏迷的病人弄出医院。"

"可能仅仅是塔芙妮一个人。"我补充道。

"你是说这里躺着的捷尔特博士依旧可能是凶手了？"卡尔笑道，"或者他仅仅是伊凡特的帮凶，被迫将塔芙妮弄了出去；然后，凶手利用完了我们可怜的博士，便信守第六张死亡通知上许下的诺言，将他的无辜帮手残忍地杀害了？这样的假设或许还有些道理。"

"我们应该理智些，现在并不是主观臆断的时候，"积格勒摇摇头，"无论凶手是谁，无论凶手的帮手是谁——既然有人冒充医生，并且还要带着至少一个人质混出医院，比较好的一个办法，自然是急诊转诊。"

"这和我想的完全一样！"我接过了积格勒的话，"一般观察室里就有现成的担架车，值班医生的衣服更是容易弄到——想想看，一个急诊科医生，一次转诊两个病人显然容易招人怀疑；将一个身材高大的人藏在担架车的下面更是不太可能……除了假设这位身材高大的先生就是那位冒充医生的人，我们还能提出什么更有趣的假设呢？"

"这样说未免有些武断了。"卡尔对我的说法并不信服。

"要证实倒是最简单不过，"说这句话的是积格勒，"只需打个电话到第三医院的急诊室，查查昨晚凌晨两点到三点间的救护车转诊记录就可以了——描述一下捷尔特博士和塔芙妮的外貌特征，相信能找到很多证人。"

"这件事我现在就去办，"卡尔利落地回答道，"说实话，我倒真想证明这个假设是不可能成立的——文泽尔，能支撑你整个假说的证据，不过是一张可能是因为巧合而遗留在这位可怜人口袋里的一张作废医师证而已。但愿你说的一切不会仅仅是臆断吧，有名的侦探。"

卡尔离开了停尸房。

"他是个讲求十足证据的人，不太习惯过于大胆的假设。"积格勒叹了口气，"卡尔也遇到过几个不好的案子——他曾经为臆断和武断付出过不小的代价。"

我点点头，表示理解。

"不过，我也大致可以猜到他此去回来的结果，"他对我笑了笑，"你这次应该是又对了。"

"哦？你昨晚看到急诊车经过了吗？"

"嗯，在我昏倒在停车场之前——大概两点半，我看到几个护士和医生从急诊通道出来，否则我也不会马上想到急诊转诊的方法的。"积格勒摇摇头，摸了摸自己的大胡子，"可惜我当时没有想到，否则，至少我会在昏倒前检查一下那位转诊的病人。"

"一位？这么说，确实只有一辆担架车了，你应该没有看到病人和医生的脸，不是吗，以你当时的状况来看？"

"你是想说我已经老了吗？"积格勒生气地打断了我，"算了，别提这个。我说，文泽尔，你坚持捷尔特博士是整案凶手的假设，应该不仅仅单凭医师证这条线索吧。"他颇有信心地看了我一眼。"你一向不是那么武断的人，除非你承认你比我还要更显出一副老态。"他笑着说。

"确实还有一些别的因素。比如，他没有杀死塔芙妮，而是放她回来——你不觉得这点很奇怪吗？"

"他不是在塔芙妮的风衣上写下相同的血字了吗？'IT is time To Die'——挑衅和警告，这样做对于连环杀手们来说显得理所当然。"积格勒回答。

"即使他杀死塔芙妮，也还是可以在风衣上写下这些字的——你不觉得那样做的效果更好些吗？从对象群的年龄来看，塔芙妮比捷尔特博士更适合成为死者。"

"我很难相信塔芙妮能够容忍你这样的老板。好的，文泽尔，那么你认为凶手放过塔芙妮的原因是什么呢？"

"证人，"我回答道，"他需要一个能够证明捷尔特博士已经被杀死的证人——因此他蒙上了塔芙妮的眼睛，只让她听到声音。声音是很容易造假的，从我助手的证词中也能够发现，捷尔特博士和那个所谓的伊凡特从来没有在同一时刻一起开口讲话过！"

积格勒探长听罢摇了摇头。

"归根结底，这也还是假设——你并不是凶手本人，天知道他们会想要做些什么！你自己也清楚，案子的前半段，他喜欢找年轻女人下手，后半段却带上了复仇性质；时而死亡实录、墙上的血字,时而又是印在复印纸上的死亡通知;时而将被害人如宗教图腾般地悬挂在天花板上,时而又仅是温柔地对心脏刺上一剪刀——或许他自己也不知道他在做些什么。"

或许他自己也不知道他在做些什么。

我得说,积格勒的话给了我一个最好的提示——现在我终于能够将一些刚刚还无法解答的疑点展开了!当然,这些也都还只是基于假设:但我确信,这些假设正越来越接近事实和真相——这个惊人的案子就快要告一段落了。

"不仅仅是假设而已。"我从记事本里取出那张曾被我夹在鞋中的照片,递给积格勒,"这张照片或许能让你相信我的假设并非无中生有。"

我之前已经说过,这是一张颇有些年代的照片了——实际上,照片的背面写有日期:一九八四年四月十九日,星期四。不止日期,背面还有如下的两行字:

第七届自由意志大学学生海报设计比赛,电影类二等奖
捷尔特·内格尔(医学院),《消失的地平线》

照片正面当然是年轻时的捷尔特(当时自然还不是博士)——他站在镜头的正前方,手里拿着一只小巧精致的玻璃奖杯。稍后一些的地方是一面墙,墙上张贴着一幅对镜头而言显得相当大的海报:那张海报似乎还没有完全粘贴好,一个工作人员模样的人正按住海报右下方的一个角,防止它在拍照时被可能碰巧吹过的风刮得卷起来。

海报的内容相当简单(我并不认为捷尔特博士当时恰巧遮住的部分会比我们能够看到的部分要精彩多少)——按照风景照等

比例临摹的背景黑白风景画、用粗线条刻意加强的轮廓线,以及那些用印刷体书写的、或许仅是虚拟的演职人员名单和潦草到看不清楚的导演签名……从今天的海报设计角度看来,也许显得十分简陋和单调。但那出现在海报上端中部三分之一处的、用一种别致而有趣的花体字书写的"香格里拉"这个地名,却格外引人注目。

或者纠正一下,格外地引起我的注意:

"那是 Blackadder ITC 字体,和那些血字的字体一样。"我对积格勒说。

积格勒没有说什么——他当然知道那就是他看过的那种显得比较生硬的、适合在写大型字时使用的简单花体。

他反复看了这张照片几遍,将它还给了我。

"这并不是决定性的证据。"积格勒说,"即使证明了博士有能力书写那种,我是说,那种大型的花体字,也并不能证明他就是凶手。"

积格勒的话显得有些底气不足——他当然也知道,这里面的巧合实在太多。

"博士在作为本案心理顾问的那段时间里,"我问积格勒,"是否曾说过,自己也会写大型的 Blackadder ITC 花体字呢?"

"应该从没有过——或许他觉得没有必要说吧。毕竟,会写和凶手同样的字体,很容易招来不必要的怀疑。"

"当然,换作我也不会说。"我将那张照片夹回记事本里,"但整件事存在太多巧合——博士会写伊凡特写的那种大型花体字,伊凡特是博士的一位病人,捷尔特恰好被警方选为伊凡特案的心理顾问……"

"这点我需要纠正一下。"积格勒打断了我的话,"博士是自荐成为本案的心理顾问的。"

"自荐？你们丝毫不觉得奇怪吗？"

"他曾在局里进行过半年的法医培训工作，高层比较相信他的能力；况且，这个案子作为犯罪心理学的研究实例，对一位医学博士而言也很有帮助——捷尔特博士发表过不少关于犯罪心理学的学术文章，那是他的主要研究课题之一。有这样的一位专家来帮助我们解决这个令人头疼的案子，我们高兴都来不及，怎么会怀疑他呢？"

"那么这也是证据之一。"我回应道。

"可你并不能忽略一个有着茶色瞳孔和卷曲金发的男人，"积格勒立即反驳道，"珀迪塔女士、艾莎女士和捷尔特博士都明确证明了这个人的存在。我们手上甚至有从法国警方那里得来的伊凡特·冯·托德的儿时照片——你知道，我虽然不相信什么电脑分析。但那张照片我是见过的：有着茶色瞳孔、卷曲浓密金发的九岁男孩。这个人绝对是存在的，绝对不可能是捏造出来的！"

"你说的完全没错，我的老搭档。"我拍了拍我们大胡子探长的肩膀，"但如果这个人不是凶手呢？"

我的一句话就让激动的积格勒完全安静下来了——他看了一眼眼前的这具无头尸体，依旧有些疑惑不解。

"如果正如你所说，捷尔特博士是这整个案子的罪魁祸首，"他捻了捻自己的大胡子，"那么这里躺着的又会是谁呢？他会有一个藏在地窖里的双胞胎弟弟吗？他的这位兄弟应该不会在去年七月的某天里假冒他的兄弟去局里开一个商量如何逮捕他那杀人狂兄弟的会议，却反而被一个小混混儿刺伤了右臂吧。"他解嘲般地笑了笑。

"在没有充足证据的情况下，"我将手从积格勒的肩膀上移开,"一切都还只是假设——你也知道,珀迪塔女士、艾莎女士甚至面前的捷尔特博士,这些曾经看过真正剪刀手的人都已经死了,或者失踪了。这不也是一个很奇怪的事实吗?刻意制造一个右臂上的伤痕并不是一件特别困难的事。甚至你昨晚看到的他的伤痕,也可能是他故意让你看到的假象——目的是让你作为他的又一个死亡证人。"

"好了,文泽尔!"积格勒显然对我"死亡证人"的评价感到不满,"就算一切都如你所假设——那么,捷尔特博士的犯罪动机是什么呢?要知道,没有证据、没有动机,即使你的假设在事实的重现上显得再怎么贴切,这一切在逻辑上也说不过去!"

"别在那个假设上多费时间了!"卡尔推门进来,"我们现在至少有五位证人可以证明这个假设并不成立。"

第三节 卡尔带来的新线索

Voici les nouvelles du jour.
Des obstacles hérissent la course.
（法语：现在报告新闻。赛跑的路上布满了障碍。）
……

"首先，积格勒探长，很遗憾，昨天晚上，或者今天凌晨，在停车场让几位护士将昏迷的你抬上担架车的人，正是我们要逮捕的那位犯人——伊凡特·冯·托德。"卡尔说。

"这么说，那家伙确实是用了急诊转诊的诡计了——究竟是什么情况？"积格勒问道。

"有记录的转诊时间是两点二十五分——这个时间，是在急诊室值班的实习医生维甘写在转诊登记本上的，他同时确定救护车开动的时间正好是两点半。"

"这个时间和你所说的时间吻合。"我对积格勒说。

"你昨晚在停车场也看到那辆救护车了？"卡尔对积格勒说，"那你正好可以做我们的第六个证人。"他看了我一眼。

"文泽尔，关于医师证的那个假说，至少在具体的应用上，你说得并没有错。"卡尔稍顿了顿，接着说道，"一位名叫玛格丽特的护士证明，她碰巧看到那位自称是转诊随行医生的医师证，上面的名字确实是捷尔特·内格尔。"

我们此刻的目光都指向了那张放在证物袋中的医师证。卡尔接着说道：

"而且，维甘和玛格丽特，以及另外的三名护士都可以证明那位转诊女病人的外貌特征：虽然戴着氧气面罩，但大致从我问到的身高、发色、面部特征及衣着来判断，尤其是那件现在已经作为重要证物的 Replay 风衣，基本上可以肯定，那一定就是塔芙妮小姐。我们的人稍后会请他们去塔芙妮的病房做一次辨认，以便确证这点。"

"转诊病人的名字填的是狄尔瑟·赫拉斯——这当然是个黑色幽默，或者说是一个相当明显的暗示：文泽尔，你不会想到……对了，在你的印象中，担架车一般会是什么样子的？"卡尔问我。

"一堆白色铁管加上数个轮子组成的移动床铺。"我回答道。

"我知道你问这个问题的目的。"这时积格勒对卡尔说道，"我昨晚恰好观察过，第三医院的担架车并不是这样的——它的下面还有一个棺材似的铁皮箱子，里面大概是用来装病人的随身物品和一些相关的药物以及急救设备。"

"正是如此！"卡尔答道，"他也可以用来装下一个身材高大的医学博士——我在电话里详细询问过这个细节。为了方便急救时使用，那个巨大的置物柜仅仅使用了扣锁；而且，里面的塑料隔板出于机动性考虑，都是可以轻易卸下的。"卡尔得意地看了我一眼。"也就是说，文泽尔，一个假冒的急诊科医生，用一辆担架车转走了两个病人——另一个病人藏在担架车下面，这并非不可能，甚至这就是实际情况。"

我并不打算对如此确定的实际情况多说些什么。我问卡尔：

"有没有证人看到那位转诊医生的脸呢？"

"你终于问到重点了,"卡尔笑了笑,"虽然这位医生戴了口罩并象征性地戴上了一副金丝边眼镜,加上转诊时比较慌乱,并没有太多人去留意他的脸。但有两点却是着实令人兴奋的。"卡尔停顿了一下。"所有人均能证明那位医生的头发是金色和卷曲的。另外,在急诊通道推担架车的时候,一位名叫乔希的男护士无意中转头看见了他的眼睛——茶色瞳孔!急诊通道的日光灯很明亮,他当然不可能看错。"

"或许其他人也看过他的眼睛,但都没有如乔希一般如此留意他瞳孔的颜色——你知道的,那种一回头时的注意,很容易令人印象深刻。而且,有两个证人还注意到,他的白色大褂里面,穿着一件白底细黑色条纹的衬衣。"卡尔瞥了一眼一旁放着的尸体衣物,"而这里的这件衬衣当然是米色的——我们刚刚还留意过它左手袖口上的十字针。显然,从昨晚博士洗完澡,一直到几小时前,法医们为他脱下那些染血的衣服的这段时间里,他并没有换过衬衣。"卡尔的这句话当然是对我说的。

"装载两个成年人的担架车一定比平常的担架车重不少,关于这点,你进行过询问吗?"我接着问卡尔。

"我恰恰想到过这点,"卡尔答道,"根据其中一位颇有经验的护士的说法,那些担架车下面的置物柜里,偶尔也会装一些颇重的急救设施——据说那辆担架车确实是挺重的。据护士乔希所说在急诊通道的一个下坡拐弯处,车几乎都要倾斜了。"

"他可能就是在这时候回过头来看的那一眼。"积格勒说,他低头想了一下,又问道,"目的地医院呢?"

"第二医院。不过那辆转诊的急救车至今都没有消息——除了随行医生之外,还有一位名叫埃塞尔·凯泽的年轻女护士和一位司机,现在很可能也已经……"卡尔没有说下去。

"那位医生没说过什么话吗?"我问,"在推过躺着塔芙妮的担架车的时候,他肯定对急诊科室的医生说过一些话的——至少定下了转诊目的地。"

"没错。他对维甘说,'复合麻醉事故,错用氯胺酮,患者严重心脏代偿失调。手术室已经联系过,速转第二医院。'——天知道他是从哪里学来这些专业词汇的。"卡尔答道。

"声音特征呢?有没有法国口音?"积格勒问。

"急匆匆的一句话。"卡尔无可奈何地说,"法国口音也没有那么容易听出来的——这点我倒是忽略了。反正等会儿我准备再去趟第三医院,我们这次需要有针对性地进行第二次现场勘查,希望能够找到一些切乎实际的线索。"

"我当然乐意回去换下这套奇怪的衣服,"积格勒扯了扯自己的病号服,"它使我浑身都不自在。"

"你自然也会去的,不是吗,文泽尔?你当然愿意知道些更详细的东西。"卡尔问我。

我仅仅点点头,并没有回答什么——卡尔或许会认为我此刻的样子有些沮丧吧。这倒无所谓。我现在依旧在思考这个案子——这些新的线索和见证人,并不见得就能够否定我之前的那个假设。不过,我倒是更加确信——

我们面对的确实是一个狡猾至极的家伙。

我的脑中已经有了些新的假设,我也同样需要一些新的线索来证明他们。

正在我们打算离开停尸房的时候,戴维斯匆匆地回来了。

"证物科的结果出来了。"他对积格勒说,"医师证上没有任何指纹——犯人应该已经仔细地清理了自己的指纹。"

"同时也擦去了博士原来留下的指纹。"积格勒自言自语。

"上午那张纸的结果呢？"卡尔有些着急地问。

"查到了几个指纹，但并不能确定是谁的。"戴维斯有些忐忑地说。

"什么叫'不能确定'，"卡尔对这样的说法很不满意，"如果不是捷尔特博士或者狄尔瑟女士的，就一定是凶手的了——还可能是谁的呢？"

"这可不见得。"积格勒说。

我也点点头。

"而且，"戴维斯说，"证物科目前并没有捷尔特博士的指模样本，"他看了一眼眼前的这具无头尸体，"显然我们无法从这具尸体上得到指模，不过，他们已经派人去博士家取证了。明天应该会有结果。"

实际上，我们侦探社就有现成的博士指纹样本，但我并不想让他们知道——我懒得专程回去取一趟。而且，总该让总局证物科的那帮家伙有些事忙才是。

"那个涂抹的痕迹呢？"我问。

"似乎还在分析中，"戴维斯回答，"目前知道的是，使用了完全相同的油墨——他们那边的人说，这种情况下，要想还原已经基本上不太可能了。专家鉴定需要不少的时间，而且不一定有结果。"

戴维斯想了想，接着说道：

"另外，第三医院今年七月才刚刚开始建立员工的DNA档案。因为他们医院的员工数量很多，据说需要将近半年才能完成。目前正在进行的有急诊科、外科、耳鼻喉科和住院部，其他部门似乎还没有开始。这些是我从电话里打听到的，不见得是准确的消息，但大体上应该没什么问题。"

"谢谢,"我对戴维斯说,"我能要一份DNA和血型鉴定结果的复印件吗?"我问他,指了指眼前的这具尸体。

"当然,"戴维斯有气无力地回答——这一趟下来,他想必是累坏了。

第四节 重返第三医院

Aimez-vous cet endroit?
Oui, on y est bien.
（法语：您喜欢这个地方吗？我喜欢，这里很好。）
……

"丢失的是安东尼医生的衣服，眼镜则是阿尔博特先生的——他昨晚下班时，把它忘在换衣间了，他经常这样。"

说这话的是昨晚负责八点到十二点的值班医生威廉·格拉蒙。我环顾了一遍我们现在身处的这个换衣间，并且探出头去看了看窗外——虽然这个房间和博士昨晚所在的观察室之间隔着两个房间，但通过窗外连接的防火通道，加上一点开窗的小技巧，是很容易在这两个房间之间往返的。换衣间在这个楼层里有两个：稍大些的那个是护士专用的（因为她们在人数上占据优势），和护士值班室之间隔着一道门。医生值班室和护士值班室相邻，但离这间换衣间稍远——大概相隔五到六个观察室（其中包括一个拥有六个床位的大观察室），还包括一个拐弯以及连通住院部和急诊室的两个架空走道。

观察室里只有医院的内线电话，换衣间里则有一个能够接通外线的电话机（实际上是医生值班室的分机之一）。卡尔的人已经查到，昨晚呼叫排障部门的电话就是来自这个号码，但他们无法确定是来自哪个分机——除了这个分机以外，护士值班室和清洁用品室里还各有一个分机。证物科的人试图分析指纹，但是一无所获。

实际上，清洁用品室，每个观察室以及值班室甚至大厅走道的储物箱里都能找到至少两双以上的崭新医用塑胶手套。

"如果那家伙忘记准备手套也不要紧，这里可有的是。"积格勒这样说。

"要潜入的话，最好的选择就是清洁用品室。"埃斯特这样告诉卡尔——自从昨晚两点多到达现场之后，他就没有离开过这里。他领着我们来到清洁用品室，威廉医生也陪着我们。

确实如此。二楼的清洁用品室，整栋楼里唯一称得上"隐蔽"的防火梯就设在这个房间的窗外——另外的两个分别在护士值班室和大厅另一侧的一个八床位的大观察室窗外：前者理所当然地被排除在外；而后者昨晚也躺着两位病人以及他们的总计三名家属——那个房间彻夜亮着灯，再笨的小偷也不会选择那个地方作为潜入的突破口。

清洁用品室，下午四点半结束整层的最后一次打扫之后就被反锁：没有钥匙，即使外面有人听到里面有古怪的响动，一时也打不开门。而且，这个房间里有各种各样的小工具：手套、医用口罩、纱布、螺丝起子……甚至大型扳手和尖口钳——这个天堂般的地方可千万不能被本市那些手段高超的小偷们得知，否则，他们很可能会将这整栋楼都悄悄搬走。

"那家伙从清洁用品室的防火梯爬上来，撬开了这扇窗户。"埃斯特指着那扇可怜的窗户——窗闩上的簧片都被撬弯了，上面满是闪光的金属屑。"我敢打赌他自己准备了手套——因为我们没有在这里查到任何指纹，除了那两个在这里工作的清洁女工之外。"

他又看了一眼那扇窗户。

"但是,窗户上原有的指纹被擦去了——那当然是昨天轮班的清洁女工在晚上关窗时留下的,他打算清理掉自己进来时的指纹,因此将这些指纹也统统擦去了。"他指了指窗户上几处取证过的地方,"这里,这里,还有这里。如果有人想从外面进来,很难不碰到这些地方,而这些地方都有用玻璃布擦过的痕迹。"

我们点点头,示意他继续说下去。

埃斯特对自己的解说到目前为止获得的成功显得得意扬扬。

"然后就再简单不过了,根据积格勒探长和卡尔刚刚提到的线索,"他咳嗽了一声,"他在这里打了一个外线电话到局里的排障部门,通知他们到这边的停车场取一辆车牌号为FZ-P3091的、意外启动不了的警车——'这里是总局的积格勒·埃佩尔小队,我们的车出了问题,但出于任务原因无法离开,请速派排障车至第三医院停车场,车牌号是FZ-P3091,重复一次,车牌号是FZ-P3091。车在入停车场左手边第三排,倒数第二个车位。谢谢。'这样的说法很不专业,排障车队的值班员竟然就听话地派车出来了——真是……"他模仿着积格勒的声音说出这段经过卡尔确认的、昨晚排障部门收到的电话内容——还好他及时发现我们的大胡子探长在听到这段内容时的窘态和尴尬,立即跳过了这段。

"咳,通话时间确认是凌晨一点四十五分左右——那家伙显然计算好了排障车到来的时间;不过,应该还是有些失误的——按照距离来计算,立即派出的话,抵达时间应该在两点钟前后。昨晚那位司机小伙子多喝了两杯咖啡,又是个新手,晚了十多分钟才到达,那时候我们也差不多到医院了。特警队的很多人都看到了那辆拖车，但却没人觉得有什么奇怪的。守在外面的几个伙计甚至还跟那个司机打了个招呼。那个时候是两点二十分，我和积格勒探长初次见面。"他对积格勒笑笑，但积格勒并不搭理他——我们的大胡子探长显然还对他之前的那段话有些在意。

埃斯特只好收回了自己的笑容，继续说道：

"如果我是那家伙，我就躲在停车场的哪个角落里，监视那辆警车，等到拖车将它拖走了之后再下手——估计的事总是会有出入的，人不能总是靠运气行事。"

最后这句话当然是十分正确的。

"然后他再由防火通道出去。这些'每层楼被风吹起的铁制长裙'，"埃斯特用了一个不太恰当的比喻，"那家伙的运气不错，没有被那个大观察室里的病人发现——那时候大家应该都困得不行，谁还在意窗外行走着的究竟是一个人还是一只猫。"

我对这个论断不太赞同，埃斯特的话立刻就前后矛盾了——观察室和凌晨的医院，这两个概念完全可以用作安静的代名词。如果说当晚守在走道上的积格勒他们听不到防火通道上的动静倒还情有可原，但要悄悄地从一个亮着灯的、现在已经确定有五个人在的大观察室窗外悄悄溜过：这件如此冒险的事，只靠相信自己的运气肯定是不行的。

但却没有人否定那个窗外可能曾有人走过——他们自己也不太确定。有着正常生物钟的自由意志市居民，如果在某个凌晨依旧醒着的话，多半也有些精神恍惚。我们因此不能否定埃斯特的这个假设，运气和冒险的成分必须计算在内，就像概率论的客观存在一样，不可逃避。

"他来到刚刚的换衣间——他事先一定确定过这里的地形。"

"不可能，博士昨晚来到第三医院纯属偶然。"积格勒低声说。

这是当然。凶手不太可能会为了一次可能发生的晕倒事件而特地去调查一间最近医院的观察室所在楼层地形。

埃斯特沉默了一会儿，他显然没有考虑到这个细节。

"我们可以假设他在跟踪博士到达第三医院的路上临时拟订了这个计划。"埃斯特更改了自己的假设。

"这样的话，我们只能说他是一个'如此天才'的罪犯了。"卡尔耸了耸肩。

这倒不见得——根据内部资料可知，伊凡特早在二〇〇〇年六月就拜访过捷尔特博士的诊室，之后也多次找过捷尔特博士。他是第三医院的常客，想必对医院的建筑构造和作息安排都有相当的了解。当然，这点并没有办法考证——我想说的是，看上去如此周密的作案计划（当然，我心中自然还坚持我自己的那一套假设），仅凭灵机一动是很难面面俱到的。

"他确实比南门监狱里的大部分犯人智商高。"我这样说。

埃斯特对我们的评价不置可否，他接着说道：

"无论如何，他来到刚刚的换衣间——我们知道，他将那份死亡通知送到了博士的洗手间里，那么，他肯定也有办法偷到博士过期的医师证了。"

"这点说不通！"我说，"既然他没有预先想到这个计划，为什么要取得博士的医师证？在博士晕倒并被送往第三医院的途中，李希特街五十八号一直有警察把守，他也不可能在之后才进去取到这个证件。"

卡尔和积格勒都沉默了——他们知道我说的有道理，这显然是一个逻辑上的矛盾。

但是埃斯特却有他的想法：

"有没有可能博士的晕倒是伊凡特刻意安排的？你们也知道，离博士家最近的医院显然是第三医院。只要博士晕倒，肯定会在第一时间内送到第三医院；而且肯定会送到观察室——这样，这个计划的预先安排性也说得通了。"

这是个很好的设想！没想到，一直沉默的威廉医生，此刻也给了这个设想有力的支持。

"昨天博士的情况，症状上并不像是因为过度紧张而昏迷，从肌张力的变化和胸式呼吸的减弱这两点来看，倒和误用吸入性麻醉剂比如麻醉乙醚后的症状类似——可惜我并没有想到要进行一次血检，否则结果会很明显。"威廉医生叹了口气。

我很高兴出现了这个新的线索——这个线索显然对目前的这两个假设都是相当有利的：当然，对埃斯特现在说的这个假设尤其有利（相反，对我的假设只是一个合理的补充）。

戴维斯曾提到过，尸体血检的结果中，血液中仍有部分麻醉乙醚残存；并且尸体呼吸道和肺部有黏液过量分泌的痕迹——这并不是一个奇怪的结果，塔芙妮的血检结果以及被迷倒时的描述也指向这一点。

本市诸多策划迷药绑架案件的罪犯们，在药品的选用中不考虑甲氧氟烷和笑气而多半选择麻醉乙醚，并不仅是因为容易到手这么简单——麻醉乙醚的血／气分配系数[①]在吸入麻醉药中显得尤其大，安全系数较高，恢复期也令人满意，在实际应用上有诸多好处。

但这里却依旧有个疑点——倘若正如埃斯特所假设的，博士的晕倒是伊凡特的刻意安排，那么，犯人是在什么时候用迷药迷

[①]此系数为影响吸入麻醉药恢复期快慢的重要因素之一，另外的两个因素分别为肺血流量和肺通气量。

倒博士的呢？麻醉乙醚的诱导期相当长，并且还是吸入性的——那么，由昨晚在别墅初见捷尔特博士时，他的亢奋状态来看，应该并没有被人预先下药。在客厅里交谈的时候，我一直坐在博士身边，犯人当然更没有机会使用沾有挥发性麻醉剂的湿毛巾捂住博士的嘴。

我回想着当时博士的一举一动——我们四个人留在客厅里，我和博士坐在一起，塔芙妮坐在侧边的单人沙发上，威利没有离开扶手椅，捷尔特博士讲述着伊凡特的童年故事，塔芙妮记录着，捷尔特博士讲到小伊凡特的祖母，然后长吁了一口气，喝了一口水。

那杯放在茶几上的水！

"卡尔！"我立即对我们的黑人探长喊道，"你能马上联系到李希特街的现场吗？"

"怎么了？你想起和博士晕倒有关的线索了吗？"

"客厅沙发旁的茶几上，有一杯水！"

卡尔立即出去打电话了。

"医生，你早说这个就好了，"埃斯特高兴地拍了拍威廉的肩膀，转头对我说，"这样一切也都合理了！我现在还有很多现场线索没来得及引用呢！"

"如果我没弄错，"积格勒则对我说，"那是个带圆形把手的白色杯子。"

"一点没错。"我回忆着这个在印象中有些模糊的杯子造型，"杯子外壁上似乎还印有一些文字，但我当时并没有特别注意。"

"印的字是'自由意志市第三医院/1996'，字的下面还有一个徽标，"积格勒接着我的话说道，"那大概是医院的福利之一——杯子是博士专用的，和会客用的杯子不同，不会弄错。"

"博士晚上回去后用过那个杯子吗？——我是指，在我们到来之前。"

"应该没有。你们来按门铃的时候他才倒的那杯水。"积格勒回忆道，"而且是直接从自来水管接的水。杯子之前一直放在冰箱的台面上一个相当显眼的位置。"

昨天晚上博士从总局回家之前，李希特街五十八号并没有警察留守；这样看来，犯人提前在杯子里下药的假设目前自然也无法反驳了。

"我可以继续了吗？"埃斯特期待着我和积格勒临时插入的对话赶快完毕——以免过长的间断会打断他刚刚的思路——这个案子的细节确实相当复杂。

我点了点头，积格勒则摸了摸他的大胡子。

"好的。既然已经能够确定，他事先就安排好了这个计划，一切就好解释得多了——他来到刚刚的换衣间，比较一番这里衣服的大小之后，选择了安东尼医生的衣服。"

"安东尼医生的身材如何？是否和积格勒探长差不多？"我问威廉医生——捷尔特博士和积格勒的身型差不多，这个问题的用意十分明显。

威廉医生打量了一眼我们的大胡子探长。"安东尼要稍微矮些，"他确定地说，"不过，医用大褂一般都设计得比较宽大。"他扯了扯自己身上的医生服。"即使那位偷衣贼比探长的身材还要高大些，也还是能够穿下这件衣服。"

"从身高上来讲，"积格勒提醒我，"伊凡特跟博士应该差不多——已经死去的几位受害人都曾经证实过这点，即使那家伙看上去比较憔悴。"

如果伊凡特是个小个子，我这样想，这点就会是一个明显的漏洞：可惜内部资料里并没有提到关于伊凡特身高的线索，否则，我也不必问这样一个问题了。

"安东尼医生的医帽丢了没有？"我继续向威廉医生询问。

"只丢了医生服，"威廉说，"不过，医帽是均码的，而且换衣间有很多已经没人使用的旧医帽，所以……"

埃斯特对我们频繁的插话感到很不满意，这一次，他不再询问我们他是否可以继续了——他打断了威廉的话，接着说了下去：

"所以这也不算是什么了不起的疑点。他套上了一顶医生帽，并且戴上了可能是之前在清洁用品室拿的口罩。为了伪装得更像医生些，他还顺手拿了桌上放着的、阿尔博特先生的金丝边眼镜。然后穿上了安东尼医生的衣服……"

"这些事显然不可能是在那时候做的。"我无可奈何地再次打断他，"根据威利和纳夫普遇害的现场来看——威利的脖子被刺穿，血液四溅，如果穿着那件医生服送塔芙妮去转诊，值班的护士一定会立即报警！"

"这句话至少有一半是错误的。"

这时，清洁用品室的门被推开了，进来的是塔芙妮，跟在她身后的是一名年轻的医生和一位女护士。

"很高兴你醒了，我亲爱的塔芙妮——辨认已经做完了吗？"

"早就做完了，"塔芙妮对我笑了笑，"证明我确实是昨晚两点二十五分被转诊到第二医院的狄尔瑟·赫拉斯小姐。"

然后，我的助手转身问那位年轻的医生：

"维甘医生，昨晚要求转诊的那位医生——根据你刚刚说的，他的医生服上是否有血迹呢？"

"没有，"这位实习医生说道，"我看得很清楚——他的衣服很干净。"

埃斯特听到这话，赶紧对他的描述进行了修改：

"那么，他是在杀死威利和纳夫普之后，进了博士所在的观察室才开始换装的。"

"他随身带那么多东西一定很麻烦，"我的助手说，"实际上，那个观察室的窗户开了一点点——威廉医生说过，在通风的环境下，对昏迷者的自主呼吸比较有帮助。"

威廉医生点点头，肯定了塔芙妮描述的情况。

"好的好的，"埃斯特只好对自己的说法再次进行更改，"他从外面的防火通道进到博士所在的观察室，将他偷来的那些东西暂时放在那里，然后……"

"他带着那么多东西经过那个有五个人在的、整晚都没有关灯的大观察室也相当困难。"在辨认做完之后，塔芙妮显然已经向特警队的人以及医院里的相关人员打听过昨晚的情形——加薪确实大大提高了我得力助手的效率和积极性。

"这个……"面对这个难点，埃斯特一时也提不出一个合理的修改方案了。

"我刚刚询问了今天在这里轮班的波佩女士——她和另一位女士负责这个楼层的清洁工作。"我的助手环视了一遍这个狭小的清洁用品室，指着靠窗左边的一个挂衣钩，接着说道：

"这里也曾挂着一件医生大褂，是一位上个月调走的医生落在这里的——波佩女士觉得丢掉可惜，就暂时挂在这里；她大概会将这件无用的衣服剪成擦窗的抹布——谁都知道玻璃布没有帆布好用。"塔芙妮耸了耸肩，"可现在却不见了。"

我对塔芙妮的工作感到相当满意——这样一来，在之前的某个疑点上，我们就可以避开概率论了。

"我在笔录里说过，"塔芙妮顿了一下，似乎是在寻找为她做过笔录的卡尔探长——可惜他此刻并不在这里,"在我被人迷晕之前,曾看到博士躺着的床上放着一件满是血污的医生大衣。"

我的助手在这里停住了,她大概希望有谁能够接着这句话说下去——见大家都不作声,塔芙妮只好接着说道:

"这个房间里也有医生帽——至少形式上是医生帽:清洁人员和医生戴的是同一种白色帽子,"塔芙妮笑了笑,"而且还有口罩,外加他先前偷到的医师证。换句话说,伊凡特在进入这个房间之后,就已经可以化装成一名医生。"

这正是我刚刚想到的——我赞许地对塔芙妮点了点头,示意她接着说下去。

塔芙妮得意地笑了笑。

"既然他已经成为一名医生——我们当然清楚,一名医生是不会被病人怀疑的。"

我很期待塔芙妮想出的精彩推理,至少,在听到这句话的后半部分之前——

"即使走在防火通道上也一样。"

塔芙妮的这句话说出来之后,整个房间先是沉默了几秒钟,然后,埃斯特首先大笑起来,积格勒也跟着笑了起来,几个医生和护士也相继笑开了。

我没有笑,如果我现在不纠正塔芙妮的错误,我天真的助手只会在错误的基础上越走越远。

"塔芙妮,显然大家不知道你如此爱开玩笑,"我走到面对着一片笑声显得有些不知所措的塔芙妮身边,拍了拍她的肩膀。"现在显然不是开玩笑的时候——后面的情节,还是由我来帮你补充完整吧。"

我看了大家一眼——大家也知道现在的场面确实不妥,便很快收敛起了各自的笑容。

塔芙妮还想说些什么——我当然知道她还想说些什么，我用眼神悄悄向她示意了一下：这是我们侦探社里特有的暗号，表示我期待她保持沉默。

塔芙妮听了我的话，现在，我的助手当着大家的面，对我做了一个"请开始"的手势。

这个时候却又有人推门了，是卡尔。

"杯子的事别提了，"我们的黑人探长怒气冲冲地说，"那个没点脑筋的维戈——他将那个放在茶几上，还有大半杯水的杯子用洗洁精和洗碗棉清洗干净，用开水烫过之后，给自己泡了一杯咖啡——他说他以为那是会客用的杯子，我的天！"

这时他才注意到塔芙妮也在场，他对塔芙妮点了点头，换了稍缓和些的口气：

"杯子已经送交证物科了，不过，能查出什么东西来的希望很小。我们的人也开始在李希特街五十八号附近展开问询，如果运气好的话，可能能够找到一两个碰巧目击到那个鬼鬼祟祟潜入者的证人。"

"我们的运气恐怕不会那么好。"积格勒捻了一把自己的大胡子，自言自语道。

"快继续吧！"埃斯特嚷道——他显然对于我的接手表示不满。

"好的，但我依旧需要你的帮忙，埃斯特队长。"我对埃斯特说，"最好，我只解说此处这个小小的疑点——之后的部分，还是由你来完成；毕竟，这里面尚有很多我们并不清楚的细节，而且，你刚刚的解说确实十分精彩。"

听到我意外的赞扬和谦让，埃斯特反倒不好意思起来：

"哪里，你还是快点开始吧。相信你会说得比我好。嗯，细节方面的东西,如果需要的话,尽管问我就是。"

我点了点头。

"他在清洁用品室打了电话,换上了这里的这件衣服。威廉医生,上周离开的这位医生的身材是否和安东尼医生差不多呢?"我问威廉医生。

"嗯,彼得医生比安东尼略高一些,但肯定是穿相同的尺码——本院的医生服总共就只有五种标准尺码。"威廉医生答道。

我对他点点头,接着说道:

"他在这里化装成了医生,然后退回到消防通道,来到隔壁的观察室,从那个观察室出去,来到走道上。"

积格勒拍了一下自己的脑门,埃斯特和塔芙妮则同时"哦"了一声。

"既然他已经化装成了医生,就没有必要还在消防通道上走动了——观察室的走道上有一位看上去比较陌生的医生,对于一个大医院来说,应该不算是什么奇怪的事。"

说这句话的是卡尔——现场的医护人员点点头,算是对他推理的赞同。

"没错,"我接着说,"他就这样来到医生更衣室门口——途中经过那个有五个人的大观察室,医生和护士值班室,以及许多空置的独立观察室。他当然非常小心,而且运气很好,没人在走道上碰到过他——埃斯特队长,笔录上能说明这点吗?"

埃斯特点了点头:"应该说,那时候恰巧没有人在走道上经过。"

"好的。从积格勒小队昨晚所处的、博士观察室外的走道上,是看不到更衣室门口的情况的——我们刚刚都去过那个更衣室,从门口也看不到昨晚的凶案现场:走道设计选取的弧度,恰好给了我们的犯人一个最好的掩饰，让他可以顺利完成接下来的计划。"

"这点我也可以证明。在拐过最后一个走道口之后，还需要走一会儿才看到……那个现场……"塔芙妮的声音有些恍惚，她肯定又想起昨晚在这儿发生的事了——我可怜的助手。

我拍了拍塔芙妮的肩膀，接着说道：

"然后正如埃斯特队长所说，他拿了阿尔博特先生的金丝边眼镜以及安东尼医生的衣服——在这个假设中，他很可能还额外拿了一顶医生帽，以备不时之需。"

"这个假设？老板，难道你现在说的不是昨晚在这里所发生的事实吗？"塔芙妮有些不解地问我。

"可能是，也可能不是。"我回答道，"我还有一个属于自己的假设——但在有充足的证据之前，我并不太想将它公之于众。"

卡尔听到这话时，咳嗽了一声——他知道我说的"自己的假设"指的是什么。

"回到我们的话题——他在换衣间里给护士值班室打了一个电话，电话内容我们大家都很清楚。之后，再次回到防火通道，来到隔着两个房间之外的、博士所在的观察室。在这个假设中，博士或许还没有醒，或许已经睡着了——总之，他用麻醉乙醚将博士麻醉，然后躲在观察室里等待机会——他应该是在这个时候准备好了担架床。"

"这也是我们查不到那个所谓'来自医院正门口的电话亭'的电话的原因，"埃斯特补充道，"分机电话是没有记录的——换句话说，昨晚的那个电话一定来自某部分机。"

"除非那家伙受过通信干扰的特工训练。"我笑了笑，转头问埃斯特，"关于麻醉乙醚的来源，不知你查过没有？"

"他难道不是预先准备好的吗?"埃斯特有些惊讶地回答,"很显然的,之前在博士家,他就已经用了一部分了——这次他只不过是用了另外的一部分。"

"根据诱导时间和麻醉方式来看,"我说,"犯人在李希特街五十八号使用的应该是固体状的迷药,并非挥发性的麻醉乙醚。"

"否则塔芙妮、威利、纳夫普和文泽尔都会和博士一起倒在客厅里了。"积格勒笑着说。

我们大胡子探长的说法,当然有些夸张。

"他也可以预先准备两种迷药的——固体迷药和液体乙醚。"卡尔说道。

"这是一种可能,但如果麻醉乙醚能够在这里轻松弄到的话,"我看了一眼在场的医护人员,"他也就没必要分开买了。"

其实我这句话的逻辑性明显不足——购买非法麻醉药品的犯罪者们,即使是需要不同种类的药,也可以在一个中间商处指定。买一种药和买更多种药,除了付出钞票的多少外,并没有太大差别。我在这点上逗留的目的,主要是想为我的另一个假设寻找证据。

"药品室里当然有麻醉乙醚。"威廉医生说,"不过,那个房间紧邻着医生值班室,而且一般都锁着门,也没有窗户——钥匙昨天轮到我管,应该不可能被人悄悄偷走。"

"即使在药品室里,麻醉乙醚也和硝化甘油一起锁在药柜里。"维甘医生补充道,"对于这些极易燃烧爆炸的药品,医院的管理一向十分严格。"

"别的地方也还是有的。"维甘医生身旁的那位护士小心翼翼地说。

"哦?玛格丽特,你既然知道,怎么不早点说?"塔芙妮性急地问——我们现在知道,这位红头发的年轻护士,就是昨晚在送诊时碰巧看见医师证上名字的那位玛格丽特了。

"这个……"她看了一眼现场的几位警官。

卡尔看出她有所顾虑,便对她说道:

"你只管说出来。即使是医院在某些事上违规,我们也不会追究的。"

积格勒瞪了卡尔一眼,但又马上将眼光收回——十年前的积格勒是绝对不会允许这样的事发生的,我在心里叹了口气;如果我此刻依旧是一名探员的话,不知道我会怎样做。

玛格丽特犹豫了一下。

"那些担架车,"她有些胆怯地看了两位医生一眼,"下面的置物柜里就有麻醉乙醚。"

"也有硝化甘油。"威廉医生叹了一口气,接过了玛格丽特欲言又止的话头,"一切都是出于急救时的方便考虑。这些当然是违反卫生局规定的——但也是没有办法的事。个别担架床下也有放置简单的手术器械——其实每个医院的做法都差不多,这该是心照不宣的事。"

我点了点头,立即将话题从这个敏感的地方移开:

"我知道了——至于那条有着医院味道的湿手帕,"我看了一眼塔芙妮,"每个观察室都有不少。这样,犯人的道具也算是齐全了。"

"就等着我被那个电话调开了。该死!我怎么会这么不警惕。"积格勒听到这里,使劲地抓着自己的大胡子,摇了摇头。

"换作是我也不会想到的,"卡尔安慰着积格勒,"那家伙实在是太狡猾了。"

"积格勒离开后,塔芙妮赶去护士值班室求援。这是那家伙一直等待着的机会——他突然从观察室里出来,在威利和纳夫普完全无法预料的情况下,将他们杀害。"

"他甚至还套上了更衣室里一双没有人要的旧皮鞋。"埃斯特补充道,"更衣室里少了一双硬底都快被磨坏的旧鞋——他穿着这双可能不太合脚的鞋在这楼层里小心翼翼地来回走动,即便留下了脚印,我们也很难由几个硬底脚印确定他的身高和体重信息。"

"那双鞋也是彼得医生的,"威廉医生小声说道,"他可是帮了犯人的大忙。"

"但除了塔芙妮小姐的高跟鞋印外,我们没有在现场找到任何其他的带血脚印。"埃斯特接着说道,"他的准备做得相当周全,运气也格外好。"

"那个残忍的家伙,"积格勒说,"纳夫普如果不是离门近的话,大概也会被刺穿喉咙——他最擅长用这种方法给我们警告。"

"他也可能不是由同一扇门回去的,"埃斯特说,"博士所在的观察室和旁边的观察室是相通的。"

"嗯,这也可以解释担架车是怎么弄出去的。"卡尔接过埃斯特的话,"他杀死威利和纳夫普之后,站在一个血迹不会迅速蔓延到的位置。先摘下那顶医生帽,然后用它将脱下的血手套包住,最后脱下沾血的医生服。他将它们放在一个什么东西上,来到相邻的观察室,从那个观察室回到博士所在的房间,将昏迷的博士移到已经准备好的、担架床下面的置物柜里,并将带血的医生服丢到空空的病床上。"

"走道上少了一个放水果用的托盘。"埃斯特再次给出了有用的证据。

"那么他当然将这个托盘、医帽和里面裹着的手套也一并丢进了那个置物柜。"卡尔对埃斯特点点头,"并且,他还没有忘记将早就准备好的那张死亡通知压在那件衣服下面。"

"……证物科同样没能在这张纸上找到任何指纹——他可能重新戴上手套之后才做的这一切。然后,他藏在靠近门的一个隐蔽角落里,等待塔芙妮的归来。"

卡尔停止了讲述。大家的目光也都移到了我的助手身上,这让她有些不自在起来。

"好了。我没事的,"她对我们的黑人探长说道,"说下去吧,我没事了。"

卡尔点了点头,继续说道:

"那张纸被他对折了三次,放的时候他竟然还有时间去展平它——更夸张的是,上面连一点衣料纤维都找不到,物证科的人说他是将这张纸放在保鲜袋里带到现场的。"

"我完全相信这一点。"埃斯特咂咂嘴。

"其余的死亡通知也一样。"积格勒补充道。

"塔芙妮回来的时候,被现场的惨状吓到,在进入观察室的时候基本上是处于恍惚状态。在看到床上那件用来吸引注意力的血衣和那张死亡通知时,由于过分惊恐,甚至连自己被人用湿手帕悄悄捂住了嘴都无法察觉。"

塔芙妮点了点头,认同了当时的情况。

"我当时实在是害怕极了。"我的助手有些歉疚地对我说。

"好了,我只负责笔录中的内容。"卡尔对我说,"下面轮到你了,文泽尔。"

"乐意之至。"我将案件的重现(我再次重申,这只是其中的一种假设)继续下去,"他戴上阿尔博特先生的金丝边眼镜——安东尼的医生服、口罩和医生帽应该是在塔芙妮进来之前都已经穿戴完毕。他肯定已经考虑过最坏的情况：如果塔芙妮挣扎并逃脱，他要避免塔芙妮看到他的脸；穿上医生服也有利于他从医院里全身而退。"

"他将塔芙妮安置在担架床上，伪装成急救病人的样子。那件血衣也放回到置物柜里。"

"维甘医生，"我突然问道，"我记得你们的证词里，说到塔芙妮在担架车上时，是戴着氧气面罩的。"

维甘愣了一下，回答道：

"没错。"

"那么氧气的供应呢？是来自放在置物柜里的简易氧气瓶吗？"我接着问。

"是的。"

"简易氧气瓶的大小呢？我是指，在置物柜中已经躺着一位如积格勒探长般高大的活人的同时，有没有可能再放下一个简易氧气瓶？"

"应该很困难——除了氧气瓶之外，还有一个调节用的缓冲气阀和容量记录器。那套设备比较老旧，占地空间也比较大。"威廉帮助我们的实习医生回答道。

"我知道你这些问题的意图，"埃斯特说道，"很抱歉打断你的话——不过，我们在观察室里发现了一个这样的供氧装置。这套装置被放在一个十分不显眼的角落里：除了缺少一只连接氧气面罩的通气管之外，和其他放在担架车置物柜里的供氧装置没什么不同。"

"这么说，他将氧气面罩给塔芙妮戴上，通气管照样连接置物柜，但里面却什么都没接上。"积格勒吃惊地说，"那家伙太狡猾了！"

"供氧装置是置物柜里的标配吗？"我问威廉。

"原则上是的，"威廉回答道，"但实际上，并不见得每个置物柜里都有。其余东西也是这样，供应部门在这些备用物品的准备上遵循'三分之二原则'。只在每年度的卫生局检查期间做到百分之百。"

这并不是件十分令人尴尬的事，警局里的情况也大体相似。

"接不接氧气瓶有什么区别吗，单从氧气面罩和通气管来看？"我继续问。

"没有太大区别，它们都是硬塑料制的。即使里面没有供气，在紧急情况下，也看不出什么区别来。"

"好了，文泽尔，可以继续了。"卡尔有些垂头丧气地说道，"我必须说，在细节上，我们被这位狡猾的犯人给彻底打败了。"

"好的。一切准备妥当之后，借助连通两个观察室的那道门，狡猾的犯人将担架车推到另一个房间，然后再从那个房间推到走道上，以躲过走道上的血。他推着这辆担架车，经过架空走道来到急诊室，找到值班的维甘医生。"我顿了顿，接着说道，"接下来的事大家都知道了，我也没有必要在这上面浪费时间。现在，我想再去昨晚的现场看看——埃斯特队长，能给予我这个非警方人员单独勘查现场的临时权力吗？"

"还有我的。"塔芙妮赶紧接上我的话。

"你们在这个案子上拥有特权。"埃斯特说道，"理查德处长给我来过电话——而他是我的顶头上司。"他有些尴尬地笑了笑。

我们在这个狭小的清洁用品室里待的时间，实在有点太久了。

第六章 终 焉

第一节 不利的遭遇

Je vous parlerai très librement.
（法语：我将同您坦率地谈谈。）
……

"你知道我会来这里。你等了几天了呢？"一个阴沉而沙哑的声音问我，带着一种相当怪异的语调。

"三天而已。你呢，这些天来躲在哪里呢？"我故作轻松地回答道，右手却悄悄伸向我的裤子口袋——我需要给等在外面的塔芙妮一个信号。

"别动！"他的声音迅速紧张起来，"无论你的口袋里有什么，慢慢地，将你的手放在头上。只有这样，我们的对话才能够继续。"他冷笑了一声。

"好的好的。"我将双手放到脑后——实际上，我早就估计到会遇到这样的情形：我在衬衣的领口上做了一个小小的机关——那里有一截卡在商标上的细线，只要我拉动它，塔芙妮也一样会收到我的信号。

"不要放在我看不见的位置，"那个声音又发出了新的命令，"你知道，只有看得见的东西才是最保险的。噢，也不尽然。"

沙哑的声音笑了笑，他看到我的手放在了胸前，双手扣在了一起。

我的胸前也藏有一个发报器。这个小东西同时也是一个定位器——一旦发生意外，使我不得不在未经过通知的情况下离开这栋大楼，塔芙妮也能够及时知道我所处的位置。在我的衬衣口袋里——第一天的时候，它是很好操作的（我和塔芙妮实验过），但我刚刚打了个盹，装置的位置稍微变化了。这样一来，我就不得不寻找机会动一下自己的身体，然后再找另一个机会悄悄按下那个按钮。

我该装一个随身的监视器的，侦探社里有现成的一套——那样塔芙妮就可以随时得知我的动向了（甚至可以从隐藏在衬衣口袋中的针孔摄像机里拍到眼前人的照片）。我当时觉得那个东西会使我行动不便，现在我开始后悔了。

"这样也不太好。我还是应该尽早离开。"他有些怨恨地嘀咕道，"既然你已经在这里了，那个东西你肯定已经拿走了。"

"不过，"我小心地答道，"这是你最后的机会了。"

"我最后的机会？嘿嘿，"眼前人诡异地一笑，"你是在开玩笑吗？为什么我会在第三天才来到这里，理由你当然是知道的。文泽尔，我很少这么说，我是第一次这么说——你是个聪明人。"

他突然看向房间的某个角落——我的心里陡然一沉：那里有我们特意安置的、装有夜视镜的针孔摄像机和监听装置。那套装置安在特别隐蔽的位置，即使是在白天也很难被人发现，何况现在是晚上，眼前人就更加没有可能发现了。我这样安慰自己。

"嘿嘿，应该就是那个角度。"他并没有用心看那里，而是扭过头来对我笑着说，"从屏幕上来看，我站在这个角度还是挺合适的——我喜欢将侧面留给镜头，捷尔特那个愚钝的人却偏好正面。"

这正是最糟的情况！

"你把塔芙妮怎么样了？"我用最大的声音对他喊叫着——我知道这个楼层里还守着两个警察：他们是积格勒特意派来协助我的行动的。为了避免打草惊蛇，我们已经尽量避免让太多人知道这件事。想想看，如果理查德处长知道伊凡特可能会到这里来拿某样东西，他布置下来的埋伏行动，一定会让过路人都觉得十分显眼。

"能怎么样，"他又干笑了一声，"让她睡着了而已——顺道一提，那两个家伙也被我解决了。现在很晚了……"他看了看表。"正是满足睡眠的好时间。"

"坐下吧。"他对我略显友善地笑了笑——那样的笑容在月光的映衬下令人感到毛骨悚然。"我倒很希望能和你成为朋友。我愿意结交你这样的朋友，而不是那种愚蠢的医生和没胆量的懦夫。"

我没说话，而是在估量他说的话的真假——这所民政局设在一个相当偏僻的地方，附近只有漂亮的公园和纪念碑，并没有什么住家。现在已经是凌晨三点，周围应该没有什么人会偶然路过。这里是四楼，没有开灯，唯一躲在一辆十分不显眼的车里的我的助手已经被人迷倒，两位守在楼里的警察很可能已经殉职。前两天我还记得带着我的手机，但今天我却被万无一失的假象所迷惑，将手机留在了车里……一切都是如此不利，这种情况之下，我只能靠自己了。

我也掌握着我的得胜点。

这将是一场公平的心理战。

第二节 重返故乡

La colère est écrite sur son visage.
As-tu encore tes douleurs?
（法语：愤怒写在他的脸上。你还感到痛吗？）
……

"你也是个懦夫。"我笑着说，做出一副很惋惜的表情。

"啧啧，那样子没用的，"他摇了摇头，"我或许真是个懦夫，但我并不脆弱，也不疑惑，或许我们现在可以聊聊，但你一定抓不住我——或许别人可以，但你不行。"

"或许吧。"我拉过一张椅子，坐了下来。

"你想聊些什么？"我问他。

"你知道我好奇的是什么。"他打了个哈欠，"你会怀疑到我，我是指——不是另外一个不同的我。"

"有一个根本的疑点，"我对他说，"但我现在不想说，因为疑点不止一个，逐一列举的话，如果还要说得具体点儿，恐怕到天亮都还说不完。"我笑了笑。

"噢，你是在嘲笑我吗？"他干咳了一声，"也没有那么多。而现在，你没有睡觉，我没有睡过觉——但我们都还算是清醒，如果我们现在能就这个案子好好讨论一番的话，我们的不眠就还是勉强值得的。"

"确实如此。伊凡特·冯·托德先生，你确实是来自法国吗？"我问。

他显然对我这样的称呼很受用。

"当然，噢，当然……faire une fixette sur la vie en province①，年幼无知的孩子啊。"

"那只是一个短语，你知道全句怎么说吗？"

眼前人的表情立即变得有些局促。

"噢，我忘记了——离开故乡已经二十多年，我能记得这些，已经很不错了。"

"实在非常遗憾，你在所有的案子里都只会写英语，于塞和睡美人都会为你感到难过的。"我用傲慢的语气说道。

"这并不是事实！"他突然变得暴躁起来，"我没有时间去学习……我已经在努力了！伊凡特的法语很好，伊凡特的法语很好！我已经在努力了！"他显得有些歇斯底里。

我看着他，这个可怜的人——他这样反复说了将近一分钟，才恢复过来。

"我知道的，噢，这就是疑点之一。但如果仅就这点而言，我也是可以克服的。"

"你在前半段的告别函中，倒是第一次用了法语——整整五句话，确实很了不起！"我又换上了仰慕尊敬的语气。

他疑惑地看着我，说道：

"Au plaisir！② 那确实是我留下的告别函，我亲手写下的——那是一首诗。"他的疑惑已经不再，取而代之的是迷恋的

---

①法语：整天想着外省的生活。
②法语：再会了！

神情。"Les diamants éclatent de toutes parts①，而我，诗人才华当然是与生俱来的。"

"法语诗人吗？或者你也喜欢孟德斯鸠和卢梭的作品？"

"你也知道他们？"他的眼中霎时间溢满了欣喜与崇拜，"莫里哀和雨果，巴尔扎克和伏尔泰，大仲马和他那天才般的私生子……有人说塞万提斯和席勒超越了他们，有人说莎士比亚和歌德远胜于他们……那些可怕的jurement②，怎能将塞万提斯和雨果相提并论？就好像让堂吉诃德去和巴黎圣母院决斗一般荒谬可笑。"

"你读过法语原版吗？"我用一种怜悯的语气问他。

他有些惊诧地看着我，想了想，然后用沙哑的声音喊道：

"我会读的！尽管我现在没有时间——马上，马上我就会有很多时间！"

"你打算回到于塞吗？"我问。

"当然，那里是我的故乡。"那沙哑低沉的音调中颤动着憧憬，"我会回到我祖母的怀抱的，睡美人的故乡，还有那远方的白色城堡……Vous voyez d'ici le tableau！③"

"实在太可惜了。"我摇了摇头。

"笑话！"他不解地对我说，"噢，一个即将回到自己家乡的年轻诗人，一个游荡远方的浪子……Non, merci④——有什么可惜的，应该高兴才是。"

"可你连告别函都写错了。"我再次摇了摇头，还叹了一口气。

"哪里，哪里写错了？这不可能！"

---

①法语：钻石光芒四射。
②法语：亵渎神灵的话语。
③法语：您倒是想象一下那个场面！
④法语：不，谢谢。

他放弃了戒备，一下冲到我面前，死死拽住我的衣领，猛地将我按到身后的墙上——他的力气如此之大，几乎要将我勒死。我感觉我的双脚已经快要离开地面，我想拉开他的手——我的手将他的手抓出了血，指甲深嵌进他的肉里，他都一动不动，仿若一座藏在钟楼里的、愤怒的石像鬼。

我觉得自己快被他勒死了，我尝试着拔出我的佩枪，他察觉到了我的意图，不停地摇晃我。我试了好几次，都没有办法将枪拿出来。我用尽全力踢他，但所有的力气就像是用在一只受潮的沙袋上一样，毫无反应——他肯定给自己注射了兴奋剂——吗啡或者海洛因，这个疯狂的家伙。

在最后一次取得佩枪的努力中，十分不幸，我的枪竟然在摇晃中掉到了地上——他一下子就将那把枪踢到了远处的一个书架下面。

这下，我彻底放弃对拯救自己生命所做的努力了。我装作呼吸不畅，用力拉开自己胸口的衬衣，同时悄悄将口袋里的信号器藏在手中，用拇指按下了启动开关，又去抓他的脖子。趁他不注意，我将已经启动的信号器丢进他的衣领里。

这样，即便我在这里被他杀死，只要这个信号器还在他的身上，明天，如果塔芙妮还能醒来，她或许能够及时通知警方，展开对这个疯子的新一轮追捕。

但愿里面的电池可以坚持足够长的时间。

就在我的意识快要丧失的那几秒钟里，我总算想起回答他所问的问题：

"咳，那些话都是出自法语字典，咳咳，我查过的，根本没有一句话，没有一句话是你自己说的。"

愤怒的石像鬼在瞬间被粉碎了。

他将我重重摔到地上，一个人呆站在那里——他的灵魂此刻肯定已经全部流尽了、挥发了，只剩下接近崩溃的躯壳。他喃喃自语着什么，声音很小——我听着似乎全是法语，而且都不是句子，都是一些破碎的短语、谚语和单词，还有一些完全是各种音节的杂乱组合，根本听不懂。

此刻碰巧死里逃生，我条件反射一样向着那个远方的书架爬去——我残存的意识告诉我，那里有我的佩枪。

哪知这时他再次冲了过来，将我的身体整个提起来，再狠命地往地上一磕：我觉得我整个人都要散架了；然后，他的拳头砸下来，速度不快，但很重。他就这样一拳一拳地打着，我背对着他，清楚地知道他打了我多少拳——我的后背、脊梁、后脑、耳朵……他就这样用力打着，当他打到第四十一拳的时候（那时候，我连一句完整的话都说不出来了），突然一切都停止了。他温和地站起来，拍了拍我肩膀上和背上的灰，将我扶起来，让我背靠着墙。我看着他，那血红的双眼一下变得万分歉疚，他对我说道：

"对不起，文泽尔先生。给你添了这么多麻烦。现在，该是结束这一切的时候了。"

我看着他，想要做些什么，可身体却和断了线的木偶一般，什么都做不了。

他笑了笑，将窗台边放着的一个黑色塑料袋拿起，离开了这个房间。

关门的时候，他说道：

"其实我并没有什么故乡，连天空也是别人的。"

门合上了，但没过多久又打开了——我的耳边传来塔芙妮的尖叫声。我微微睁开眼，看到塔芙妮正抱着我，她试图将我抬出去，但却做不到，她哭了。我想安慰她，并提醒她找人过来帮忙。我的身体依旧不听我的指挥，我用尽最后的力气稍稍抬起头——就在这一瞬间，我看到窗外冷白的月光中，一个黑影闪了过去。

然后，是璀璨的光芒，又是一瞬间，就如同朝阳的第一缕光芒一般。

那束光芒照在我们的脸上，墙上，整个房间里；一切都蜕变为充满诧异的碎片，如此棱角分明。

这该是某个迷失的人发出的、重返故乡的信号。

第三节 病床上的新闻发布会

Cela est le premier pas vers la vérité.
（法语：这是迈向真理的第一步。）
……

我又回到了第三医院，威廉帮我安排了一间最好的房间。在休息了一周之后，虽然右肩上还缠着绷带（那里的骨裂恐怕要几个月的时间才能复原），背后的大块瘀青也还没有散去——但不管怎样，今天我终于可以出院了。

在这一星期里，塔芙妮忙于收看FW5台和有线电视三台两部崭新的肥皂剧——那台昼夜开放的壁挂电视设在我的病房里，而我体贴的助手坚持要留院照顾我——因此，一切都是如此顺理成章。

"文泽尔，你能够这么快出院，骨科每天定期播放的康复节目可有很大的功劳！"

威廉在今天探视时，这样对我说。

"哦，噢，是啊，那些康复节目……"

我含糊地回答了一句——可我并没有看什么骨科的康复节目啊。

"我前两天抽空来过你的病房，可两次走到门口，都听到有电视的声音。我不想打断你的治疗，就没有敲门进来。"威廉医生说道。

哈，原来是这么回事。

"嗯，再没有比那更好的康复节目了，"我煞有其事地说道，"就是整个流程稍微长了一点——应该给骨科的节目制作人员提点建议。"

塔芙妮这时正在帮我收拾衣服，背对着我们。对于我和医生的这段对话，她虽然佯装没听见，但我却恰好可以看到，她的嘴角正悄悄扬起——她在憋笑。

这个时候又有人敲门了，塔芙妮过去开门——进来的是我们的两位老朋友，汉迪克和莫斯曼。

"看看，比夏天还更糟糕些，我就知道……"汉迪克说着，取出已经有些蔫的白菊，将一大束漂亮的天香百合插到病房的花瓶里。

莫斯曼则拿出了一个精致的小纸盒。

"巧克力小甜饼，"他将纸盒递给塔芙妮，"这是妈妈今天特地给你烤的。"

"班森和内尔最近如何？"我笑着问汉迪克，"你拿那张藏在书架背面的警官证时遇到什么麻烦了吗？"

"忘了这些麻烦事吧。"汉迪克苦笑着，"一瓶DOCG的哥雅庄园雾葡萄酒，总算还勉强值得。对了，我记得你说那是九三年份的。"

确实，一切麻烦事都已结束。

一周前的那个凌晨，在民政局的顶楼上，捷尔特·内格尔博士用硝化甘油和麻醉乙醚给自己进行了最后的赎罪洗礼：他把这些比汽油还危险的药品洒满全身，然后，将几个空药瓶缠捆在自己的脑袋上,头朝下,从六层楼跳了下去。

卡尔给我带来过现场照片,但我并没有去看——根据我的建议,证物科在博士家搜集了不少带发囊的博士头发样本,并对其进行了DNA分析。前天下午,报告的结果就已经出来了,证实那堆刺满玻璃碴的、大部分烧焦的尸体碎片确实是博士本人。

我留在博士身上的那个微型信号器的残骸,和博士的某部分尸体碎片烧熔在一起,也成了确凿的证据之一。

由民政局里得到的捷尔特·内格尔和狄尔瑟·赫拉斯在一九九二年十月做的自愿婚检报告也证明,那堆碎片和博士的血型均为A型。

而之前在停尸房的那具无头尸体,那具由第二教会医院的医护人员DNA档案证明的捷尔特博士尸体,其血型却是O型。

那根本就不是捷尔特·内格尔博士。

我们聪明的伊凡特先生欺骗了我们,一连串的精彩圈套……

我很想就这样直接叙述下去,但难免会显得有些乏味单调。因此,我很愿意在此引用前天下午卡尔探长带来那份DNA报告时我和他的对话内容。我相信,用这样的方式将整个案子的真相告诉大家,会更加有趣一些。

于是,现在的时间就回到前天下午两点,塔芙妮不再看那些无聊的连续剧(下午的这段时间碰巧是连续剧的真空期),我们的黑人探长刚刚推门进来,将一小束白菊插到病房的空花瓶里。

"报告出来了,"他看了一眼正半靠在病床上打点滴的我,"正如你所预料的……"

"积格勒没来吗?"我看了一眼关上的病房门。塔芙妮给卡尔探长倒了一杯水,他接过水放到桌上,对塔芙妮说了声"谢谢"。

"他说一次来太多人不好，"卡尔坐了下来，"埃斯特和塔希博格也想来的——积格勒拦下了他们，他希望你能够安心休养。"

"那个老好人。"我笑了笑，看了一眼卡尔送来的白菊。

"你说的那个信号器也在某块烧焦的尸体碎片上发现了——就像长在上面一样。"

"这太可怕了，"塔芙妮喃喃地说道，"博士怎么会想到这样的自杀方法？"

"应该说是伊凡特吧。"卡尔喝了一口水。

"很可能是博士本人。"我纠正了卡尔的说法，"伊凡特是没有必要自杀的，他唯一想做的事就是回到那个仅在妄想中存在的于塞。"

"如果说是伊凡特人格带来了那些危险药品，却又不知道自己为什么带它们来——这点不也很奇怪吗？"

"对于一个人格严重分裂的病人而言，这点很难说。可能捷尔特博士的人格给了伊凡特人格某些暗示，比如使用那些药物能造成的残忍手段来报复我的暗示——在我的印象里，博士最后对我说的话和他那时候的行为，和之前几分钟的疯狂行为相差极大。我因此认为，他在那一段时间里经历了至少是我们已知的、最后一次人格转换。"

"如果我当时没有偷偷睡觉就好了。"塔芙妮内疚地说，"我以为那晚不会有人来的。"

捷尔特在这部分成功欺骗了我——他看到了我们的车以及监视器上显示的内容（当然，或许他在前两天就已经注意到了），但并没有迷晕塔芙妮——塔芙妮是自己睡着的。还有那两个警察，他们也困得倒在了值班室的沙发上——这并不怪他们，已经是第三天了，而且还是凌晨三点，任何人的警惕心都会被困倦折磨得所剩无几。

"没什么，如果你没有睡着的话，他是不会出现的。这不是你的错。"我安慰塔芙妮，"并且，在我启动信号器之后，你就赶过来了——看看，其实一切都和原计划一样。"

"好了，"卡尔耸耸肩，"或许你说的确实有道理——无论如何，现在你可以将自己的假设公之于众了。要知道，即使已经确定那是博士的尸体，我们也依旧有很多疑点无法解答。"

"当然。我可以立即开始，"我对卡尔笑笑，"不过，如果你需要做一个书面记录的话，我会等你拿出纸笔的，塔芙妮。"我转头对我的助手说："如果你愿意，你也可以简要将我后面所说的记录下来——想在案子总结上偷懒的话，现在是绝好的机会。"

就这样，我简单地举行了一次独一无二的、病床上的新闻发布会。

"我们最好先从动机谈起，"卡尔思考片刻，首先问道，"现在我们已经确定，作为剪刀手的伊凡特·冯·托德，实际上是捷尔特·内格尔博士的一个分裂人格；那么，在你的假设中，你认为这个杀人成性的分裂人格是怎么产生的呢？"

"我们必须肯定，伊凡特·冯·托德——这个三十岁左右，有着茶色瞳孔和卷曲浓密金发的法国人是确实存在的。"我看了一眼卡尔探长，"在这个存在性上，我们能够展开很多的疑点——比如艾莎小姐接待的病人以及珀迪塔女士的顶楼房客，比如转诊阴谋时那五位证人看到的医生。他或许真的曾经杀过人，又或许只是一个有着杀人妄想症的精神病人。"

"我记得你曾说过，在你的假设中，捷尔特博士是整个案件的凶手。"卡尔问。

"这点已经无法证实。在我的假设中，这位法国人多次拜访过捷尔特博士——第一次很可能不是二〇〇〇年六月，那次有记录的初次拜访或许只是个幌子，来暗示他和伊凡特不是早就相识。"我想了想，接着说道，"当然，如果有事实表明，那就是现实中的伊凡特和捷尔特博士的初次会面，也并没有什么不妥当——我们谁也不能确定，一个分裂人格的孕育究竟需要多长时间。"

"从潜意识上而言，可能博士本身也有这样的愿望，"塔芙妮说，"似乎在伊凡特出现之前，这种笼统的愿望找不到实在的寄托，因此被一直压抑。"

"没错，"我对塔芙妮点点头，"一个白俄罗斯移民的孩子，父母在十二岁时离异——虽然我们并不清楚捷尔特父母离异的具体原因：我们可以假设，是明目张胆的婚外情，或是家庭暴力，甚至是父亲对捷尔特的性侵犯……同样充满'嘈杂'的童年生活，当伊凡特向他讲述自己的童年时，记忆中的某些部分契合了——于是，一个一直期冀着诞生的、如恶魔一般的人格找到了现实中的一个基点，便立即现身在这个世界上。"

"捷尔特博士延展了现实中伊凡特的人格，将自己的意识加在伊凡特的经历上，帮助有杀人妄想症的那个法国精神病人完成他的疯狂计划。"卡尔说道，"想来真觉得不可思议。"

"这只是一种可能的假设而已，"我点点头，"在假设上我们必须武断一点。我们不妨假设捷尔特博士在听了几次那位法国人的妄想后，开始进入自己的妄想世界——他也妄想自己杀了某个人，并通过对话和伊凡特交流……即使他的初衷或许是帮助这位病人治好他的杀人妄想症，无论如何，他们醉心于这样的妄想交流之中。"

"直到他们共同想出这样的一个连环杀人计划。"卡尔说。

"确实如此，"我回答道，"从事实看来，那位法国人似乎没有太多参与——这点可以从血字为英文书写这一点看出来——一切都是捷尔特博士延展出来的那个人格所为。"

"我在博士家卧室床头柜里找到的那几张纸上，写着和'梦游'相关的字眼以及部分作案时间——从上面的内容看来，我认为，博士的原本人格在伊凡特人格作案的时候并没有丧失全部意识，他也有所察觉。卡尔，不知你注意到没有，每次的案件都发生在夜间，确切点说，午夜之后。"

"你是说，在博士的原本人格睡觉的时候，伊凡特的人格就苏醒了，"卡尔问道，"所以他会认为自己在梦中经历了这些案子？"

"没错。博士起初将这些印象认定为由每次案件的分析重现、录音及现场照片暗示、疲劳和时间概念错乱造成的大脑记忆错误。在我交给你的那张纸上，博士对此进行了进一步分析，他找到了其中的一个巧合——积格勒应该已经告诉你了，就是那张一九八四年的海报设计比赛获奖照片。"

"Blackadder ITC 花体字，"卡尔接过我的话，"捷尔特博士有能力写出那些工整的大型血字。"

我再次点点头。

"这点上我们可能必须请教大脑研究者了——我怀疑伊凡特人格抑制了捷尔特博士这方面的记忆，让他很难意识到自己会写这样的花体字；他可能在看到那张照片之后，才记起自己原本会写这种花体字，就和他一直在处方函中使用漂亮的 Edwardian Script ITC 花体一样。"

"很多医生都喜欢那种字体，律师，甚至警方高层也喜欢这种字体。"卡尔说。

"我记得理查德处长的签名也是这种字体。"塔芙妮笑着说——我知道她说的是今年夏天时理查德处长特别颁发给我的搜查令上的签名。

"这么说,衍生人格反而比原有人格强大了。"卡尔感叹道。

"嗯,我觉得并非所有情况下都是如此,"塔芙妮说,"至少最后,捷尔特的原始人格能选择用死亡来证明自己的存在。"

"这两个人格一直在明争暗斗,"我接着说,"伊凡特人格发现了博士在睡前写的这些东西——他将那些重要的内容用相同的圆珠笔涂抹掉了。第二个被涂抹的痕迹,我猜,博士写的是——'从人格分裂考虑'。"

"确实如此。你至少猜对了一个词,"卡尔说,"笔迹专家的分析结果今天上午也出来了——他们在第二个被严重涂抹的地方还原了'分裂'这个词。而且,我们的人还在博士的书房里找到了不少类似的记录——那些全部都是对于人格分裂的研究摘要,以及相关案例和治疗方法的摘抄,完全可以用来作为博士人格分裂的证据。"

"如果我没说错,"我笑了笑,"是在书桌的一个抽屉里找到的。"

"你早就看过了吗?"卡尔有些吃惊地问我。

"多亏你当时到得及时,"我耸了耸肩,"还没来得及看,那张照片就是在那个抽屉里找到的。"

我们的黑人探长有些尴尬地笑了。

塔芙妮停下笔来想了想。

"伊凡特人格完全可以将那些纸丢掉,还有单独放在抽屉里的照片——你不觉得这点很奇怪吗?"她问我。

"有两种可能性,"我回答道,"一是原始人格帮助了我们,故意将这些东西藏在衍生人格不太会注意到的地方,并且努力阻止他销毁这些证据。"

"让他只能涂抹,却不能丢弃吗?"卡尔问我,"这倒是个新奇的想法。"

"这是另一种可能性,"我答道,"我觉得,抽屉里隐藏的证据是原始人格的帮助;而那些放在床头柜抽屉里的纸张,则是衍生人格对我们的挑衅。"

我停顿了片刻,接着说道:

"甚至捷尔特博士慌慌张张来到我的侦探社求助,也可能是衍生人格的阴谋。"

"为什么不能是原始人格真的打算来向我们求助呢?"塔芙妮对这个推断表示不解。

"我也希望事实如此,"我回答道,"但却无法解释博士为什么要找我们,而不是去找别人。原始人格可能确实有些讨厌警察,但本市的侦探社很多,他为什么单单找到我们这家,而且是在发现那张死亡通知之后就直奔我们的侦探社。"

"因为你是这些侦探中最杰出的一个,"卡尔半开玩笑半认真地说,"夏天的那个案子提升了你的知名度,让你成了自由意志市最有名的侦探。"

"或许如此,"我对卡尔的赞扬不太习惯,"我愿意将那次造访解释为衍生人格向我们侦探社发出的挑战——我们不妨想想看,博士写在纸上的那些分析和推想,证明他已经对自己的人格分裂有所感知。卡尔,后半段的那些案子,是否一直对外保密呢?我的意思是,甚至捷尔特博士也不知道相关的消息?"

"原则上是这样安排的,"卡尔点点头,"原因你我都清楚——甚至艾莎的死,局里都特别安排过,不让捷尔特博士知道。"

"怕他因此而担心吗?"塔芙妮问。

"确实,这样一来,我们的保护工作也相对容易一些——保护一个不知情的人,比保护一个笼罩在恐惧中的人,当然要简单得多。"

"那么,"我接着说道,"既然他当时并不知道这些事——印在纸上的死亡通知并非伊凡特之前的风格,而博士对自己可能的人格分裂也有所感知,在这样的客观条件下,他却还是慌慌张张地来到我们的侦探社,声明自己的生命被伊凡特所威胁——原始人格有什么理由如此紧张呢?"

"或许是衍生人格对他的暗示也说不定。"塔芙妮自言自语道。

"没错,也有这种可能,卡尔。"我转头问卡尔,"你曾经对我说过,其他被害人收到死亡通知的时间,都是在死后。"

"那些纸张都在发现尸体的现场找到了,"卡尔答道,"根据各个现场的笔录,至少珀迪塔女士、哥特瓦尔德和奥克塔维厄斯在死前的几天里没有收到这样的东西,其他人则不能肯定。"

"第三医院的现场也是一样,"我说,"留在病床上的死亡通知是补给威利和纳夫普的,"我又看了一眼花瓶里的白菊,"但只有博士带来的那一张,是之前就送出了的。一封预告函而不是接收状——这让我们很难不怀疑博士在这个案子上的特殊性。"

"可能伊凡特将捷尔特博士认作他的朋友——你也知道狄尔瑟案留下的血字内容。"卡尔说道。

"他就是要我们这样想,"我说道,"他所做的一切都是想误导我们,让我们相信捷尔特博士和剪刀手伊凡特是两个人。塔芙妮,还记得你在那张死亡通知上做的分析吗?"

"嗯,可惜那些钻牛角尖的分析并没有太大用处。"

"不,你的分析很有用——经过细心的分析,字母大小写的问题突出了:这让我联想到犯人是在慌张而隐蔽的情况下制作那张死亡通知的,我当时就觉得犯人是在赶时间。"我稍微回忆了一下,接着说道,"大写的字母I、T、D应该比小写的好找,并且容易剪下,这点也可以证明,至少在拼凑'IT is time To Die'这个句子的时候,衍生人格是不能左右本体人格的——当时的伊凡特依旧有所顾忌,而且没有太多时间能够控制博士的身体——和前半段案子的情况类似,他大概只能在博士熟睡时出来活动;相反地,博士来到我们侦探社的那天,本体人格可能已经进入长时间睡眠状态了。腮部的胡楂儿、白色的慢跑鞋、糟糕的穿着——那些都是衍生人格故意留给我们的陷阱,或者说,考察眼前侦探是否有资格加入他伟大游戏的入门测验。"

"但却依旧不能否认,嗯,"塔芙妮看了一眼自己的笔记,"可能仅是本体人格受到了衍生人格的某种暗示,而表现出了真实的紧张和慌乱——那天早晨我拦下他时,可看不出他的慌张是假装的。"

"是啊,"我叹了口气,"在人格分裂这个概念上——暗示、显意识厥值、控制、伪装、自我催眠……意识层面上发生的事,或者说,一念之差,推理的结果就会完全不同。"

"我们最好不要总在这个问题上打转,"卡尔对目前的话题稍稍有些不耐烦,"或许对案子的细节研究应该留在最后——一些基本的疑点,你已经解答得很清楚了。现在,我最想知道的是,你对十月七日那整晚发生的事做出的'第二种假设'。"

"那样就是最好,"我笑了笑,"我也觉得刚刚的这段分析进行起来异常麻烦——存在太多不能确定的可能,又大都缺乏足够的线索和有力的证据。即使我们只将其中的一部分展开,就已经可以耗掉整个下午了。"

　　塔芙妮将记录本合上,给我倒了一杯水。

　　"要咖啡吗?"她转头问卡尔。

　　"水,谢谢。"

　　他的那杯水早就喝完了——他应该也渴坏了。

第四节 第二种假设

La nuit, tous les chats sont gris.
（法国谚语：夜里的猫都是灰色的。）
……

"首先，他要准备好那晚表演需要的道具。"我喝了一口水，"这里请允许我先卖个关子——以免一开始就说完了精彩的部分，让后面的叙述变得如这杯水一般淡然无味。"

"随你所愿。你打算从哪个时间点开始呢？"卡尔问。

"十月七日晚八点，我们初次登门拜访李希特街五十八号。"我说道，"就在那天，博士从总局回家之前，警察还没有入驻他家——因此，他的一切准备工作都可以在无人干扰的情况下轻松完成。博士洗完澡、换上衣服：一件白色的短袖汗衫，米色的衬衣——左袖口上有十字针，一条黑色的条纹西裤和配套的西装，亚麻布面料……那条裤子的后裤袋不小，厚厚的西装里也有空间足够的暗袋，足以装下他准备好的道具。"

"他不担心在晕倒之后，有人会检查他的口袋吗？"卡尔问道。

"他熟知第三医院运送那些病况不太明朗，病情也称不上十分紧急的病人到观察室时遵循的实际规则——医院的规定是要给可能存在心脏隐患的病人换上宽松衣服，随身物品也需要进行登记，但实际上从没有人这样做过——博士的领口是塔芙妮帮忙解开的。我得说，塔芙妮的热心随行对博士而言是一个小意外，他原本期望只有积格勒小队的那三位在急救方面毫无经验的警官随行的——在那样的紧急状况下，加上原本就没有怀疑的理由，是不会有人专门去检查他那鼓鼓的后裤袋的。塔芙妮，你注意过这点吗？当时你和博士坐在警车后排。"

"没有刻意留意。"塔芙妮回想了一下，说道，"不过，我有注意到他的西服内袋里似乎装着什么东西——因为我想看看博士是否出现了心律失常，在按住他心脏的时候……我以为那是钱包——当时那样的紧急情况，谁还去关心那里面究竟装了什么东西！"

"应该没有谁会在晚上八点后的会客时间里，还在自己的西服内袋里额外放上一只鼓鼓的钱包！"卡尔笑着说。

"这是我的第二个假设能够成立的又一个证据，"我开始继续讲述，"进入客厅之后，我从窗户里碰巧看到了停在别墅侧边巷中的那辆车牌号为FZ-P3091的警车——我能从那里看到车牌号，博士也就能从那里看到。当然，他也有其他机会可以看到那个号码——比如从总局出来、登上那辆警车时。"

"他在自己的专用杯子里下了迷药——他之前当然故意将这个杯子放在冰箱上一个显眼的位置，为的就是让积格勒小队的某个人注意到那个杯子，以作为'伊凡特潜入迷倒博士'这个假设的有力证明。他还故意在杯中剩下了不少水，以方便证物科取证。"

"只可惜维戈将那个杯子洗得干干净净，他的小计谋没能得逞。"卡尔说。

"然后，在我们按门铃的时候，他去将迷药冲兑成一杯水，并在我们和他的谈话进行的空当里，选择了一个适当的时间，将那杯水喝了下去。"

和水相关的话题总叫人感到口渴——我看了一眼眼前的杯子，又喝了一口水。

"他使用的应该是诱导期比较长的迷药，喝下水之后，他还能够描述前半段案子中死亡磁带里的具体内容。"

"直到他在一个最紧张的情节上骤然倒下……"塔芙妮说，"这真是一个充满戏剧性的巧妙安排。"

"之后，威利、纳夫普和塔芙妮用警车送他去了最近的第三医院——按照惯例送往观察室之后，威廉医生给他做了简单的检查，注射了一剂速效且安全的利多卡因——很多麻醉药都会造成心律失衡，这当然是我们的又一个证据。"

"……晚上十点左右，威廉在检查后确定，他的情况已经完全稳定了。他赌了一把——威廉医生这次并没有给他做瞳孔检查；有些医生在需要但不必要的时候或许会忽略瞳孔检查，但另一些医生却在任何可能的时候都进行瞳孔检查。"我笑了笑，"他撤掉了守在观察室里的两名护士，并且关掉了房间的灯——在这种情况下，从明亮走道里透过观察室门上的小窗，当然不可能看清观察室里的具体情况——威利好几次从窗口望进去，看到的大概只是病床上的一块布置得类似人形的、盖在被子里一动不动的隆起部分——塔芙妮，你也从门上的窗口望进去过，在那种情况下是不可能看到病床上病人的脸的。"

塔芙妮点点头。

"那晚我进去之后，也是过了一会儿才适应里面的灰暗。"

"这样，我们的博士就有整整四个小时来完成他的那些小把戏了。"我继续说道，"戴上手套之后，他首先要对付的是那些担架车——卡尔，你肯定还记得，经过那天在清洁用品室的冗长讨论之后，证物组的人又在隔壁的两间观察室里找到了被弃置的几块置物柜隔板，以及一些杂乱的、原本应该放在担架车置物柜里的东西。"

"没错，"卡尔说道，"我们的人忙着在另外两个观察室里查找证据，而你却始终待在博士的那个观察室里，只到隔壁的观察室去过一次，还是去看那些明显没有人动过的担架车。"

"那是在比较，"我说，"否则我也不能解开这个疑点——他确实将一些东西拿了出来，你一定以为那个巨大的供氧装置是从转诊诡计里的那辆担架车下面搬出来的，但其实不是——它是从另一个留在现场的担架车里搬出来的。"

"你是说，转诊的那辆担架车下面，还有一套这样的供氧装置？"卡尔对我的说法感到吃惊。

"可能还不止一套，而是两套。他用那个重量伪装出了置物柜里还藏有一个人的假象——你当然还记得男护士乔希的证词。"

"'在急诊通道的一个下坡拐弯处，车几乎都要倾斜了'。"卡尔答道。

"的确，当两个那种重量的供氧装置放在同一个置物柜中时，是能够造成这种假象的——隔壁房间的三辆担架车里都放有一套供氧装置，这说明医院的'三分之二原则'，准确一些说，应该是'大于三分之二原则'——在博士所在的观察室里，如果按照第一种假设，是并不符合的——只有被拉掉氧气面罩和通气管的一套被放在房间角落里，剩下的两个担架车里一套都没有。概率是三分之一，这当然不太寻常。"

"也就是说，那辆转诊用的担架车下面，有两套完整的供氧装置以及一套额外的氧气面罩和通气管？"塔芙妮问。

"确实如此，我亲爱的塔芙妮，或许，你在转诊的时候并没有被剥夺纯氧供应。"我对我的助手笑了笑,"我还留意到,其余两辆担架车里的物品,或多或少都减少了一些——那些在另外两个观察室里发现的东西,可能也有很大一部分出自这两辆担架车——博士要做出一种'有一辆担架车下面的置物柜被完全掏空了'的错觉。"

"他将这些准备小心做完,并且从担架床下取得了需要的麻醉药品和手术刀,然后悄悄离开了房间——他的行动路径和之前第一种假设里的恰恰相反,他先来到隔壁的观察室,也可能是隔壁的隔壁,然后从那里进入了防火通道,绕过换衣间之后,再从另一侧的观察室出来,从走道进入医生换衣间。"

"为了保持室内空气流通,无人观察室的窗户都开着一小扇——只有在确定有病人将要迁入之后,才由护士负责关上,并打开室内暖气。"卡尔补充道,"这样做也是为了节省开支。"

"博士当然知道这一点——这也给了他很大方便。我们当然还记得,埃斯特提到过,彼得医生留了一双旧皮鞋在换衣间里,而我们的博士此刻很可能还光着脚!"

"真的!我怎么没想到这点,"塔芙妮惊呼,"博士昏倒之后,是我们抬他出去的——他甚至连拖鞋都没穿!"

"不过,光脚走在防火通道上显然需要勇气,"我笑了笑,"他可能借用了观察室里专门为探视者准备的塑料便鞋——可惜的是,每个观察室里没有确定的数量;否则,我们倒可以查查这种鞋是否丢失了一双。"

"他穿上了彼得医生的旧皮鞋,还有安东尼医生的医用大褂——他可能在这时戴上了他早就准备好的那副茶色的硬式高透氧隐形眼镜。"

"你说茶色的瞳孔是隐形眼镜?"卡尔打断了我,"那或许可以——但金色的浓密卷发怎么解决。博士的后裤袋再大，也不可能放下一顶假发！"

"多亏博士也是金发。"

我说着，手探向床边的抽屉，从里面取出一个医用帽子来。我理了理自己的头发，将这顶帽子戴在自己头上。

塔芙妮笑了，卡尔则瞪大了眼睛——眼前的文泽尔，如果从背后看去，已经是一个有着花白卷发的老医生了。

"我托塔芙妮帮我到假发店去买了几包十二寸长的白色优等卷发。"我将这顶发帽取下，丢给卡尔探长。

"将这些漂亮的卷发整理成几个平整状的发束，然后，用布片将发束的一端小心车缝成扁平状——这部分工作依旧要感谢塔芙妮，她帮我找到了一个合适的裁缝，用最快的速度完成了这些烦琐的手工操作。"我将面前的水杯拿起，向我的助手举杯致意；对于我这稍显夸张的感谢，塔芙妮低下头去，显得很不好意思。

"……这些完成之后，将这些扁平状的发束用最简单的粘扣带固定在医帽的后部边缘上，左右耳的鬓角处也小心装饰两缕——这样，一顶特制的简单发帽就做好了。它需要占用的空间比一整顶浓密的金色假发要小得多。"

"而且，"我补充道，"博士的头发本身就是金色的——他的发束可以做得更薄些。这样的发帽戴上去，几乎看不出任何破绽。至于假发的来源，很可能是取自那具冒充的无头尸体的主人——我甚至相信，那具尸体就是那位真正的伊凡特·冯·托德先生，那个地道的法国人！"

"你是说，那个衍生人格已经无法满足于自己的替身身份，而将真正的伊凡特杀害了？"卡尔问道。

"将捷尔特的人格丢弃在真正伊凡特的尸体里,并将它伪装成真正的捷尔特博士——如此美妙的替换对于那个衍生人格来说,实在再合适不过了。"我感叹道,"他之所以到和他的住处相隔很远的第二教会医院工作,可能就是因为那里要求建立员工的DNA档案,而且在管理上比较随便吧——捷尔特博士用伊凡特的血作为自己的血样交了上去,大概自这时候起,真正的伊凡特就已经被他软禁了。

"还是回到我们的第二种假设。他戴上了这顶特制的医帽,顺手将阿尔博特先生的金丝边眼镜架在自己的鼻梁上,再戴上口罩,最后在胸口别上自己的过期医师证。然后,再次回到走道上,经过几个空置的独立观察室,医生和护士值班室,以及那个有五个人的大观察室,最后来到清洁用品室隔壁的观察室,从那个观察室出去,撬开清洁用品室的窗户——他本打算在回去的时候再从医生换衣间拿件衣服的,但这时他又看见了彼得医生的外套——拿这件衣服显然能够增加证明'犯人首先来到清洁用品室'这个假设的证据,于是他就这么做了。

"……然后他擦窗户,制造企图消灭闯入证据的假象——让别人觉得他在进来的时候忘记戴手套,事后想起才进行补救。他选择了几个容易留下指纹的地方擦拭,这是很高明的办法。除此之外,他还使用了这里的某把剪刀,将自己原本的那个衬衣领剪掉,换上了随身带来的、一个白底细黑色条纹的假衬衣领——这可以解释为什么他将那件医生服最上面的扣子也扣住了——两位碰巧看到他穿着一件白底细黑色条纹衬衣的证人告知了我这个细节,而这两位证人的名字还是你告诉我的。"我对卡尔笑道。

"我可没有问得这么仔细。"卡尔叹了口气。他想了想,提出了一个疑问:

"但那件米色衬衣,也就是那具无头尸体所穿的,你也看到过,却并没有剪下过衬衣领。"

"这倒很简单,"塔芙妮替我回答了这个问题,"无非是准备了两件一样的衬衣,并且每个左手袖口上都缝了相同的十字针。由此看来,那具尸体身上穿的衣物,都是他一早就准备好了的——他当然不会笨到给尸体换上一套他刚刚穿过的、可能沾有血迹和微物证据的衣服。"

"积格勒在那天晚上之所以能够观察到袖口上的这个细节,就如同那个在博士右手臂内侧的三角形疤痕一样,都是那个狡猾无比的犯人故意设下的陷阱。"我对塔芙妮点点头,"甚至从疤痕这点上可以看出,至少从去年七八月间开始,那位可怜的法国妄想症病人就已经被博士软禁了。"

"他在局里被小混混儿刺伤后,便给他的囚徒也留下了一个类似的伤痕,以作为尸体替换时能利用到的一个证据。"卡尔抿了抿嘴,"这么说,他早在一年多前就已经开始为这个计划做准备了!"

"因此,他能够将细节处理得如此完善也不足为奇。接着他原路返回医生换衣间,在那里打了我们熟悉的那两个电话——最后回到最开始的观察室里,换上一顶普通的医帽,取下医师证,也一并取下假衬衣领和金丝边眼镜,开始等待机会。"

我喝了一口水。

"这之后直到转诊的部分,大家都十分清楚,这里也没有必要再说一遍了。"

"至于在那辆急救车上究竟发生了什么事——我知道你们在前些天已经找到了那辆放着两具尸体的车,但我却专注于埋伏,没来得及问你。"我对卡尔说道。

"或许我现在可以告诉你细节。"卡尔说。

"似乎没有太大必要了,"我说,"根据第二种假设——作为证据,那辆担架车会留在急救车上,不过,里面的两套供氧装置当然已经搬走,只留下额外的一套氧气面罩和通气管……除此之外,还有安东尼医生和彼得医生的两件医生服,其中一件染满了血。两个医用帽子、口罩、金丝边眼镜、手套,等等。还有走道上的那个托盘。如果他信任总局证物科的DNA和指纹取证水平的话,可能仅仅留下那套氧气面罩跟通气管,以及那个托盘;如果他没有将那张已经过期的医师证放在那具无头尸体身上的话,他肯定会把它留在这里,以作为他这次伟大计划成功的证明。"

"有得必有失,"卡尔笑着说,"他是信赖我们的取证水平的——所有地方都没留下指纹,博士的衣物纤维倒是发现了一些——这应该又是他设下的陷阱。"

"不过,"卡尔想了想,接着说道,"如果你没有想到打电话给狄尔瑟女士的母亲,询问她狄尔瑟和博士结婚前是否参加过自愿婚检,然后来到民政局调查了相关档案……我是说,如果他们没有参加自愿婚检,并且我们的人也没能在博士家搜集到带发囊的头发样本——在这样的情况下,第一种假设是否就无法推翻了呢?"

"也不会。还存在着一个奇怪的矛盾,"我说道,"不妨想想看,你们从来都没有取得过伊凡特·冯·托德的任何指纹,甚至在博士提供的、伊凡特写下自己名字的处方函和钢笔上,也没有找到相关指纹——或许博士会说自己在拿这些证物的时候不小心弄掉了伊凡特的指纹;但即便如此,伊凡特有什么必要不暴露自己的指纹呢?即使他有前科——他完全没必要害怕自己的前科被人发现;对于一个想在犯罪史上留名的连环杀手而言,留下相同字迹的血字、相同声音的死亡实录,以及使用相同手法残忍对待的尸体……那么,他为什么单单不敢留下自己的指纹呢?"

卡尔沉默着,我的助手再次替我解答了这个问题:

"因为捷尔特·内格尔博士的指纹样本随处可得——一旦我们怀疑到他,而如果他又在每个现场都留下了自己的指纹,就一定没办法脱罪了。"

"毫无疑问,他已经成为一个伟大的犯罪者,"我最后补充道,"可惜,这些荣耀今后被人提及的时候,却都是属于伊凡特·冯·托德这个法国人的——提到捷尔特·内格尔,一个颇有成就的医学博士,人们会这样说:他在二〇〇二年十月八日被伊凡特杀害了。"

"他被他自己杀害了……"卡尔喃喃说道。

而这就是全部事实。

第五节 尾 声

Zéro pour moi.
（法国谚语：徒劳无功。）
……

我出院之后一周的那个周末，在汉迪克反复多次的强烈要求之下，那瓶我珍藏的九三年份的哥雅庄园雾葡萄酒终于被他如愿以偿地拔掉了木塞，一饮而尽。

为此我们专门筹办了一个非正式的晚宴，地点设在莫斯曼家——莫斯曼的母亲自愿下厨；而塔芙妮则宣布，她会带来让每个人都惊喜万分的饭后甜点。

于是那天晚上，我们在享受了一整套正统的家常法式晚宴之后，也被迫每人吃下了一只有着黑巧克力颜色的、需要预先剥掉烧焦硬壳的自制栗子蛋糕。

"从电视上学到的新烤法，"塔芙妮不好意思地说，"可是好像失败了。"

我们对此并不介意。虽然那些甜点的外观并没有让每个人都惊喜万分，但剥壳之后的部分却是实至名归的——无论如何，美酒佳肴的余味还在舌尖游荡，再额外添上浓浓的栗子香味，让人忍不住地想喊上一声：

"Je suis très contente！"①

……

自由意志市在一片安宁祥和之中度过了二〇〇二年圣诞节，又迎来了二〇〇三年新年——新皇宫和米修罗大教堂外的烟花绽放凋零了整整一夜，除旧迎新的硝烟味道弥漫在每个家庭的客厅、卧室、阳台上，然后又悄悄散去。新年的第一缕阳光将狂欢推向了高潮，然后将一切再次引向倦怠和宁静。

新的一年已经过去了半个月，去年发生过的一切正在被人们迅速遗忘——有些人或许不喜欢这样的遗忘。今天，二〇〇三年一月十六日，一个乏善可陈的星期四早晨，从拉·帕沃尼咖啡机里飘来坦桑尼亚咖啡的浓稠香味——那香味浓得能够让空气凝固。这种被深埋在咖啡香味里的感觉，在这样一个明媚的阳光天气里，将侦探社里的慵懒气氛推向极致。

我并不期待在这样一个美好的早晨再次想起那个沉重的案子，但可惜，意外无处不在——打开今天的《自由意志报》，翻过第四十七版：右下角一篇名为《剪刀手的春天》的连载小说吸引了我的注意。

我从来都不看文学版，为了节省读报时间，我要求塔芙妮在将报纸给我之前，就预先将我不打算看的版面挑出来——我的助手乐于做这件事，因为她正好要看每天的娱乐版和电视节目预告，以及时尚、旅游、电影、美容等内容。她可能也不怎么注意文学版，否则，她一定也会被这个题目吸引。

不知道这篇未署名的小说是从什么时候开始连载的。不过，这应该是这部小说连载的最后一个章节了——习惯从后往前看的

---

①法语：真是心满意足！

我,第一眼就在文章的末尾看到了"全文完"的字样。

我用了五分钟,读完了这最后一个章节。

"生活中的一切都是虚构的、假设的、存疑的;而小说中的一切,却反而有可能是真实的。"

现在我完全相信这句话了。

我已经走出了办公室——当然,我打算让我的助手找出前几周所有的报纸。

我打算认真读完这篇小说。

今天的第四十七版被单薄地放置在书桌的边缘,碰巧,开着的窗带来了一阵风,将它抖落在地。或许是它的运气够好,第四十八版依旧被无情地压在下面。透过百叶窗数不清的缝隙,早晨的阳光洒落在它的身上,右下角——那篇小说所在的位置,仿佛被精心裁剪过一般……

剪刀手的春天
第十五节
作者:佚名

隔着象征性的木栅栏,不远处是清晨的街道,每走几步都能看到一两处被汽车和脚踏车辗碎的蜗牛痕迹。新的蜗牛在这样的痕迹上滑过,滑过同类的尸体。在街的对面以及这里,到处都是迈向地狱的深渊,隐隐约约遍布着腐败的气息。

是的,木栅栏的这边是墓地,安静的终焉之地。

那是剪刀手的墓碑——我们已经知道,里面埋藏着别人的尸体,一具无头、无手、无脚,可能什么都没有的尸体。我们看看这块墓碑,碑上刻着一个耻辱,但却同样光辉的名字——那是剪刀手的名字,除此之外,别无一物。

这样的清晨下着雾一般的雨，有人站在这块被雨露微微润湿的墓碑前面。他的手里拿着一柄锋利的小刀——这个身材高大的红发男人，正费力地在这块墓碑上刻着些什么。

我们想想就应该明白：他正在为我们的剪刀手篆刻那被遗忘掉的墓志铭。

但他并不是墓园的管理人员，也不是什么守墓人。

我们不知道他是谁，男孩也不知道。

一个茶色瞳孔的男孩，有着一头浓密卷曲的金发——或许是守墓人的孩子，他看到这位清晨的陌生访客，便来到他的跟前，看着他一笔一画地刻下那些文字。

这是多么单调无聊的工作，男孩看了几分钟，便觉得无趣，转身想要离开。

"那个……请别急着离开。"雕刻者突然开口说话了——那是低沉而沙哑的声音，他对着男孩诡秘地笑了笑：

"如果你留下，我会给你一份小礼物。"他将持刀的手放入自己的大衣口袋，另一只手塞进后裤袋里。

"是什么？"好奇的男孩回过脸来。

"是这个。"

红发男人从自己的后裤袋里摸出了一顶帽子——那是一顶别致的发帽。

他自己先做了演示：他将那顶帽子戴在自己的头上，稍做整理，从背后看去，这位留着不长的红色直发的高大男人似乎马上就变成了一位有着长长红褐色卷发的、穿着男装的妇人——或者说，一个留长发的男人。

男孩对这样的戏法表现出由衷的兴趣——他高兴得拍起了手。

"现在，你愿意留下来了吗？"他摘下了那顶发帽，"而这将会是给你的奖励。"

他将那顶发帽递到男孩手里,男孩立即将它套在了自己头上——帽子对他而言有些太大了,戴上它让他几乎看不见任何东西,但他却依旧固执地戴着,露出得意的笑容。

"好吧。我留在这里,"男孩故作宽容地答道,"你在这里做些什么呢?"

"我在给我自己刻墓志铭呢,我的小小朋友。"他说着,重新忙起手上的雕刻活儿。

"只有死了的人才需要墓志铭的——我爸爸告诉过我。"男孩有些不解。

"嘘……"红发男人显出一副极其神秘的表情,"我骗了他们——其实我没有死。本来,我是不应该再在这里出现的,但,你知道,我不希望我的墓碑上什么都没有。"他小声对男孩说道。

"你说得有道理。"男孩想了想,"你怎么骗过他们的?"

"哈,那实在是再简单不过,"男人笑了笑,"我找了一个和我血型相同的男人,迷倒了他,预先将他搬到那个大楼的楼顶。

"……我将那个男人的红头发拔下一些来,在我家的沙发上、卧床上、书桌底下……显眼的不显眼的地方都放上一些。这样,那些愚笨的警察到我家取证的时候,就会将那些误认为是我的头发了。

"我在和那个蠢侦探的对话中,假装自己已经疯了——我将他揍得一动都不能动,然后,跑到顶楼上……我已经在那个可怜的死人身上捆满了炸药,尤其是头上——我可不能让别人看到他的样貌。"

"……那个蠢侦探还帮了我一把——他将一个信号器丢进了我的衣领里。我当然是将那东西原封不动地拿了出来,又塞进那个死人的衣服里……哈，我将那人从顶楼丢了下去，头朝下，炸药将那人炸成了一块块的！哈！我能想象到，那个信号器和他的某块碎片烧熔在一起，恰好成了我已经死掉的铁证。"

说到这里，红发男人才从兴奋之中回过神来——那个男孩一定是被他的疯狂话语吓到，早悄悄地跑没了影。一顶发帽被丢弃在墓园潮湿的泥土上，已被雨水浸得不成样子。

"哼，Je n'ai pas de temps……"① 他摇了摇头，自言自语道，"跟小孩子说话，简直就是浪费光阴。"

他将那顶发帽捡起，草草抖掉上面的水和泥，便又塞回到自己的后裤袋里去了。

墓碑上的墓志铭已经刻画出了简单的轮廓，而现在，他马上要开始第二次加工，以让那些生硬的花体字显得更流畅些。

但我们至少已经可以读到这墓志铭的内容了——很遗憾，它们并不是由法语写成：

不朽踩在死亡的边缘
凋零的生命纷纷哭泣

（《千岁兰》全文完，于二〇〇六年五月一日晨七时（德国当地时间））

---

①法语：我可没有多少时间……

后 记

在很长一段时间里，我一度认为《千岁兰》是不可能完成的。写作在现实中遇到的挫折，让我很愿意经常写一些譬如《天使离地狱如此之近》以及《从惧尸心理到恋尸癖》这样的万字左右的"类学术文章"。长篇的开始和中间部分，都会给人以遥遥无期的错觉，那种错觉是长篇写作的大敌——即使你已经有了很好的提纲和构思，但如果你没有恒心和战胜自我的毅力，即使完成了一部长篇小说，也只能说是"机遇使然"。

完成给了我意外惊喜。本书中犯人的诡计在对话中逐渐丰满完善。对话中对案件细节的反复推倒和重建，对案件假设的反复驳斥和修正……在大量对话和相对较少的场景描写中展现应有的细节，是我在本篇中的新尝试。

结局部分，用一篇小说的结尾引出整个故事的结尾——并不算是什么新奇的手法——至少莎士比亚也用过。《驯悍记》中，整篇文章都是醉汉斯赖观赏的一出戏。

"生活中的一切都是虚构的，假设的，存疑的……而小说中的一切，却反而有可能是真实的。"——这句在文中被文泽尔引用的话，实际上是我对这整个案子的总结。虽然我们能够从对话中还原这个案子，但却并不代表这个还原是真实的；同样，《剪刀手的春天》——这部我们只看到最后一节的小说中所写的，也可能并不是这个案件的象征性还原（作者可能不是捷尔特博士或者伊凡特，而是某个对整个案件知情甚至不知情的文学爱好者——即使，出于文艺性考虑，我在这个最后的章节里故意安排了很多巧合），前面十四节内容完全可以大相径庭。

认真看完《千岁兰》，读者也无法确定真实发生的故事，而只是得到数个不同的、关于这个案子的假设——比如"第二个假设"中所提到的捷尔特博士逃离第三医院的全过程，如果再添加一些新的细节和对话，就能得到完全不同的结果。我舍弃了让案子更加复杂化的打算，也同样是出于文艺性的考虑——从已有的细节中，我们已经能够很好地过滤出各个主要人物的心理和性格特征。

又比如狄尔瑟案的很多细节，在我的反复考量下，还是从提纲中删去了——尽管这额外的数千字一旦加入，读者对犯人性格和内心的把握会更加清楚、具体；但这却并非我所真正想要的。[1]

我只是描绘出了一张脸谱，用心的读者则可以看到这张脸谱下暗藏着的不同的脸。

这才是写作的乐趣所在。

文泽尔
二〇〇六年五月

---

[1] 我们知道，狄尔瑟女士是博士的夫人——我曾经想以狄尔瑟女士的身份插入一整节她因为发现了捷尔特博士的秘密而被杀害的描写，这部分内容在经过多次的推敲删改之后，最终浓缩成了本书的引子。

附录一：现实中更为夸张的多重人格
　　——威廉·密里根的二十四重人格

威廉·密里根算是一个在美国历史上相当著名的罪犯——他犯下了重罪，审判的结果却是无罪释放，仅凭这点或许还算不上"著名"。我们在意的是陪审团裁定他无罪的理由——他是一名多重人格分裂者，在他的身体内寄住着多达二十四重人格！

让我们来看看这些由心理医生和催眠师们辨识出来的、威廉体内确实存在着的人格：

1．威廉·密里根：本体人格，二十六岁的美国人，自闭而有童年阴影。

2．亚瑟：二十二岁、戴眼镜的斯文英国人，自称"监视者"——这也表明他的能力是能够独立观察其他人格（亚瑟甚至自称"可以在某种程度上控制大部分的独立人格"）。

3．雷根：二十二岁、患色盲症的南斯拉夫人，亚瑟的反面，是一个体重二〇一磅、黑发、留八字胡的壮汉，负责保护其他人格。

4．亚伦：十八岁的美国人，自称是威廉的朋友，爱好是打小鼓。亚伦是二十四个人格中唯一的左撇子和吸烟者，负责通常情况下的外界交往。

5．汤姆：十六岁的美国电子专家，亚伦的分裂人格，金发，爱好是萨克斯风。

6．丹尼：十四岁的美国少年，一般认为他是威廉性格软弱面的分裂——一个瘦弱的胆小鬼，对陌生的一切事物存在着恐惧。

7．戴维：八岁的美国小孩，一切人格苦难的承受体——这或许该算是威廉这个主体人格的潜意识主动构建的第一个人格。

当外界环境的反应对其他人格（按照威廉自己的说法，则是"对他不利"的时候）不利时，戴维会被强制切换出来（即使他本身并不情愿）。

8．克里斯汀：三岁的英国小女孩。一般认为她是威廉主体人格对现实生活美好事物认知的分裂。

9．克里斯多夫：十三岁的英国男孩，克里斯汀的哥哥，迷恋吹口琴。有心理分析家说克里斯多夫是一个"保护者"的形象，但显然，这个"保护者"的能力是相当弱小的——更多的时候，克里斯多夫只是亚瑟的一个"进言者"。

10．阿达娜：十九岁的阿根廷女孩，当威廉遇到家务活的时候会出来，是个热衷诗歌的女同性恋者——当然，她的恋爱对象无人知晓。

11．菲利浦：二十岁的纽约青年，没有受过什么教育的街头混混。

12．凯文：二十岁的纽约青年，菲利浦的分身，自称和菲利浦一同参与过抢劫。

13．华特：二十二岁的澳大利亚人，性格孤僻，喜欢收集猎枪（但实际上，他并没有真正拥有过哪怕一柄真正的猎枪），自称"狩猎专家"。

14．艾普芳：十九岁的纽约女孩，凯文的妹妹，一直暗暗计划着对威廉的继父展开报复，其他人格认为她的精神已失常。

15．塞缪尔斯：十八岁的犹太人，一般认为这个名字来源于"塞缪尔"（熟悉圣经故事的朋友当然知道这个名字的来源），根据希伯来语，"塞缪尔"这个名字的原意是"太阳的使徒"，而"塞缪尔斯"顾名思义则是"使徒之子"的意思。此人格一般解释为自威廉的宗教信仰（天主教）分裂而出。

16．马克：十六岁的美国人。这个人格除非接到其他人格的命令，否则什么事也不做（也算是其中最没有主见的人格）。

17．史蒂夫：二十一岁的得州人，臆想症患者，认为自己才是真正的本体人格。

18．雷：二十岁的芬兰移民，职业是喜剧演员。因为喜欢捉弄人而被其他人格所讨厌。

19．杰森：患有躁狂症的十三岁男孩。

20．罗伯特：喜欢幻想的十七岁男孩。

21．萧恩：四岁的低能儿童，听力丧失，反应迟缓。

22．马丁：十九岁的纽约男孩，认为自己过着过分节俭的生活。

23．缇摩西：十五岁的花店杂工，宣称自己的老板是个同性恋。

24．老师：和威廉同龄，部分心理学家认为此人格是威廉本体人格的"进化"。不过，"老师"倒自称自己是"全部人格的融合体"，他负责协调各个人格之间的关系，并传授其他人格知识。

请不要怀疑，以上并非我随意编造的人物档案——这些有着不同性别、不同年龄、不同爱好甚至不同出生地的"人"，都寄住在同一个身体里。

在研究威廉案件的心理学家们眼里，这些人格是如此具体而分明：比如亚瑟说话带英国腔，杰森一出现就喜欢大吵大闹，克里斯汀对一切都好奇，而萧恩则始终表情木讷……有些讽刺的是，这些"派生出的"人格之间大多相识，而本体人格"威廉"却是直到接受心理治疗的时候，才得知自己其实出现了人格分裂。

这点在常人看来虽然很难以相信，但却并不是"荒谬的"——威廉的第一个分裂人格早在他四岁的时候就已经出现——克里斯汀最喜欢做的事就是"照顾凯茜"(凯茜是威廉现实中的妹妹),而这时候的威廉就如同进入了深层睡眠一般,对外界的一切没有任何认知。

换句话说,自幼年起,威廉对整个世界的认知就和其他人不一样(他一直认为莫名其妙的意识丧失是"正常的")——他常常在眨眼之间,发现时间和空间的无端改变,内向的威廉渐渐以为这是每个人都有的现象,只是大家不说明而已。

就这样,不同的人格一个接一个地出现,到最后,"威廉"这个本体人格甚至被"亚瑟"和"老师"压制(他们担心逐渐发现真相的威廉自杀,从而威胁到其他人格的生存),被迫长时间进入封闭状态。

这是一个典型的现实中存在的多重人格的例子。从诱因上来看,威廉童年时曾受到过继父的虐待和性侵害,人格分裂或许是他的潜意识所选择的逃避手段。只可惜这样的逃避逐渐变成了习惯,一个又一个的人格因为"需要"而产生,最后竟吞噬掉了原有人格。

粗看过丹尼尔·凯斯的那本《比利战争》(比利即是上面提到的威廉之后),我被威廉的经历深深打动了,也就由此萌生出了写《千岁兰》的想法(那大概是在一九九六年——我是之后才看的《二十四个比利》)。捷尔特·内格尔博士,他仅仅是从别人的悲惨经历中分裂出了"剪刀手伊凡特"这一个人格——或许作为人格分裂者的例子,他并没有多么"出众";但通过他的经历来给这个特定人群画一幅文学素描,他的分量却是足够的,甚至可以说是"超量"的。

除了上面提到的那两本书,无聊的朋友们还可以去翻翻卡梅伦·维斯特(心理学博士,目前与家人一起住在旧金山)的

《二十四重人格》(我记得是上海译文出版社的中文版)。虽然卡梅伦称此书为"纪传体",但个人觉得实际上是"威廉"的衍生物。

另外,《第五位莎莉》(同为丹尼尔的作品)、《美丽境界》(希尔维雅·纳萨著)以及《神奇城堡》(凯洛·史密斯著)都值得一看。

附录二：关于"剪刀手爱德华"

《剪刀手爱德华》是美国鬼才导演蒂姆·伯顿执导的一部著名电影的片名。

剧情有些效仿弗兰肯·施泰因博士之"科学怪人"的情节，讲一位古怪科学家制造出了一个名为爱德华的人造人（约翰尼·德普饰，个人觉得本片也是他的成名之作，之后的《断头谷》已经开始走下坡路了）。爱德华和人类的构造完全一致，却唯独缺少一双手。古怪科学家用剪刀暂时代替了手，却在制作一双真正的手的过程中辞世。从此爱德华再也不能拥有一双真正的手，悲剧也由此展开。

此部电影并非由小说改编而来：蒂姆本人就是影片的编剧兼导演——影片中满是艳丽的色彩、可爱造型的房子和精美夸张的树雕。德普本人曾称本片为"真人演就的卡通电影"——这也是本片位列"上世纪科幻电影经典"的理由之一。

当然，本片也同为哥特电影的经典——相较于科幻电影，哥特爱好者们或许会更认同这点。

一九九二年看此片的时候本人就曾想过："如果爱德华是坏人将会怎样？"这或许也就是本篇人物设定时的最初灵感——只不过，文泽尔系列不是科幻类，因此，无论伊凡特还是捷尔特，都不太可能拥有一柄长在身体上的"爱德华剪刀"了，也不知这对他们本人而言是否有些可惜。

附录三：关于法语以及于塞

1. 关于法语及法语文学

若按照语言学的定义来分，法语属于印欧语系里的罗曼语族（具体说来，应该是西罗曼支高卢次支中的法兰西语），它和西班牙语、葡萄牙语、拉丁语以及罗马尼亚语都为同宗。

和德语类似，法语也是屈折性语言（这也和藏语支、羌语支以及景颇语支语言比较类似）：屈折性这个词语听起来太专业，因此我们平常不用这种说法，而用"某种语言有多少格"来表示该种语言屈折的程度——比方俄语有六个格、德语有四个格、现代拉丁语有五个格……最夸张的是芬兰语，竟然有不少于十五个格！

现代法语只有主宾两格（这点和英语相同，虽然严格说来，英语主宾两格的定义也是不严格的），相较于其他的欧洲语言，算是比较简单的。

法语发音，重音必落在单词中最后一个发音的音节上：这样的特点和法语句子独特的节奏感结合起来，读来竟像是在咏唱歌剧（很多德国朋友都说罗曼·罗兰的《约翰·克里斯多夫》要么不读，要读就读法文原版，想来也就是这个原因）——也难怪大家公认法语是世界上最优雅、最高贵的艺术化语言了。

十二世纪到十六世纪，法语一度作为文学专用语言而享誉欧洲，甚至很多外国人都用法语写作。著名的例子便是我们熟知的《马可·波罗游记》。

当然，近现代作家中也不乏用法语写作的外国人：比如米兰·昆德拉（捷克作家）改用法语写作的小说《身份》和《缓慢》，阿西娅·杰巴尔（阿尔及利亚女作家）用法语写作的小说《新世界的儿女》（出版于一九六二年）以及莫里斯·梅特林克（比利时作家）用法语写作的多幕童话剧《青鸟》（发表于一九〇九年）等，均是被世界文坛公认的优秀文学作品。

而对于法语文学，自文艺复兴起，经历古典主义、浪漫主义、现实主义、自然主义、象征主义等文学思潮之后，我们至少应该记住下面这几个名字：

莫里哀（1622～1673）

拉·封丹（1621～1695）

孟德斯鸠（1689～1755）

伏尔泰（1694～1778）

让－雅克·卢梭（1712～1778）

维克多·雨果（1802～1885）

阿尔弗莱·德·缪塞（1810～1857）

大仲马（1802～1870）

司汤达（1783～1842）

巴尔扎克（1799～1850）

居依·德·莫泊桑（1850～1897）

埃米尔·左拉（1840～1902）

鉴于本人对法语文学的一些近乎"幼稚"的个人看法，我并没有将福楼拜和都德也收录在上面，但这并不代表他们没有资格（实际上，单论文学成就而言，他们完全可以取代封丹和缪塞的位置）——具体原因，我早已经写进了我的某部散文集里。

本篇中出现一些常见的法语口语对话内容，并不是企图效仿赫卡尔·波洛先生在语言上的不良嗜好，而是因为我最近恰巧在学习法语和西班牙语，加上伊凡特·冯·托德又正好是法国人，便顺理成章地用上了。我的德式法语既不专业也不地道，如果您发现本篇中不幸用上了一些非习惯性的淘汰语法或句式，还请早点儿告诉我，以便我能够及时修正。

2. 法国于塞与查理·佩罗

我们或许对"于塞"这个地名感到陌生，但我们一定都听过睡美人的故事。

沿着国王的河谷罗亚尔河，我们的目光在香波堡和雪侬梭堡的喧闹、翁杰堡和梭缪堡的繁华、隆杰堡和薇雍德希堡的冷艳之间依次走过。九世纪前后，为了抵御来自北方的维京海盗的入侵，延罗亚尔河（法国境内最长的河流）一带的郡主和贵族们争相在河的两岸筑起了大量的城堡。

到了十一世纪，王国境内的诸侯们为了争夺土地以及炫耀实力，在罗亚尔河流域掀起了第二次城堡修筑的高潮。

文艺复兴时期，这些过去仅作为防御用途的城堡被国王法兰斯瓦一世修葺一新，大量应用的意大利风格华丽装饰以及改装以后的舒适环境使城堡们摇身一变，成为当时王宫贵族们独特而时髦的离宫。

在这些城堡当中，于塞堡无疑是最具有童话气息的——从地理位置上而言，于塞比较靠近芝浓（特产是赤霞珠），同属于被称为"法国的花园"的都兰地区。站在盛开的向日葵花丛中，配着葱郁的森林背景，隔着护城河和数不清的小水道，远眺那雍容大气的白色于塞堡，自然而然地就会萌生出置身于童话世界的错觉——难怪查理·佩罗[①] 面对此景会灵感突发，进而创作出千古不朽的童话名著《睡美人》。

关于《睡美人》，我不需要多说什么——在法语童话创作的造诣方面，至少个人认为，查理·佩罗是可以与拉·封丹齐名的。我们可以没听说过他的童话故事合集《鹅妈妈讲的故事》，但我们一定曾在儿时某次入睡之前，听过以下这几个故事中的至少一个：

《睡美人》

《小红帽》

《蓝胡子》

《穿长靴的猫》

《仙女》

《灰姑娘》

《一簇发里盖》

《拇指姑娘》

而这几个耳熟能详的童话，均出自《鹅妈妈讲的故事》。

因此我们至少也应该记住查理·佩罗这个法国名字。

[①]查理·佩罗（Charles Perrault, 1628—1703），世界著名的法国古典童话作家。

图书在版编目（CIP）数据

千岁兰／文泽尔著． —— 北京：新星出版社，2020.12
ISBN 978-7-5133-4212-4

Ⅰ.①千… Ⅱ.①文… Ⅲ.①推理小说-中国-当代 Ⅳ.①I247.5

中国版本图书馆CIP数据核字（2020）第209560号

千岁兰

文泽尔 著

责任编辑：曹晓雅
责任校对：刘 义
责任印制：李珊珊
装帧设计：hanagin

出版发行：新星出版社
出 版 人：马汝军
社　　址：北京市西城区车公庄大街丙3号楼　　100044
网　　址：www.newstarpress.com
电　　话：010-88310888
传　　真：010-65270449
法律顾问：北京市岳成律师事务所

读者服务：010-88310811　service@newstarpress.com
邮购地址：北京市西城区车公庄大街丙3号楼　　100044

印　　刷：北京美图印务有限公司
开　　本：910mm×1230mm　1/32
印　　张：8.375
字　　数：193千字
版　　次：2020年12月第一版　2020年12月第一次印刷
书　　号：ISBN 978-7-5133-4212-4
定　　价：45.00元

版权专有，侵权必究；如有质量问题，请与印刷厂联系调换。